夏の名残りの薔薇

高畠　寛

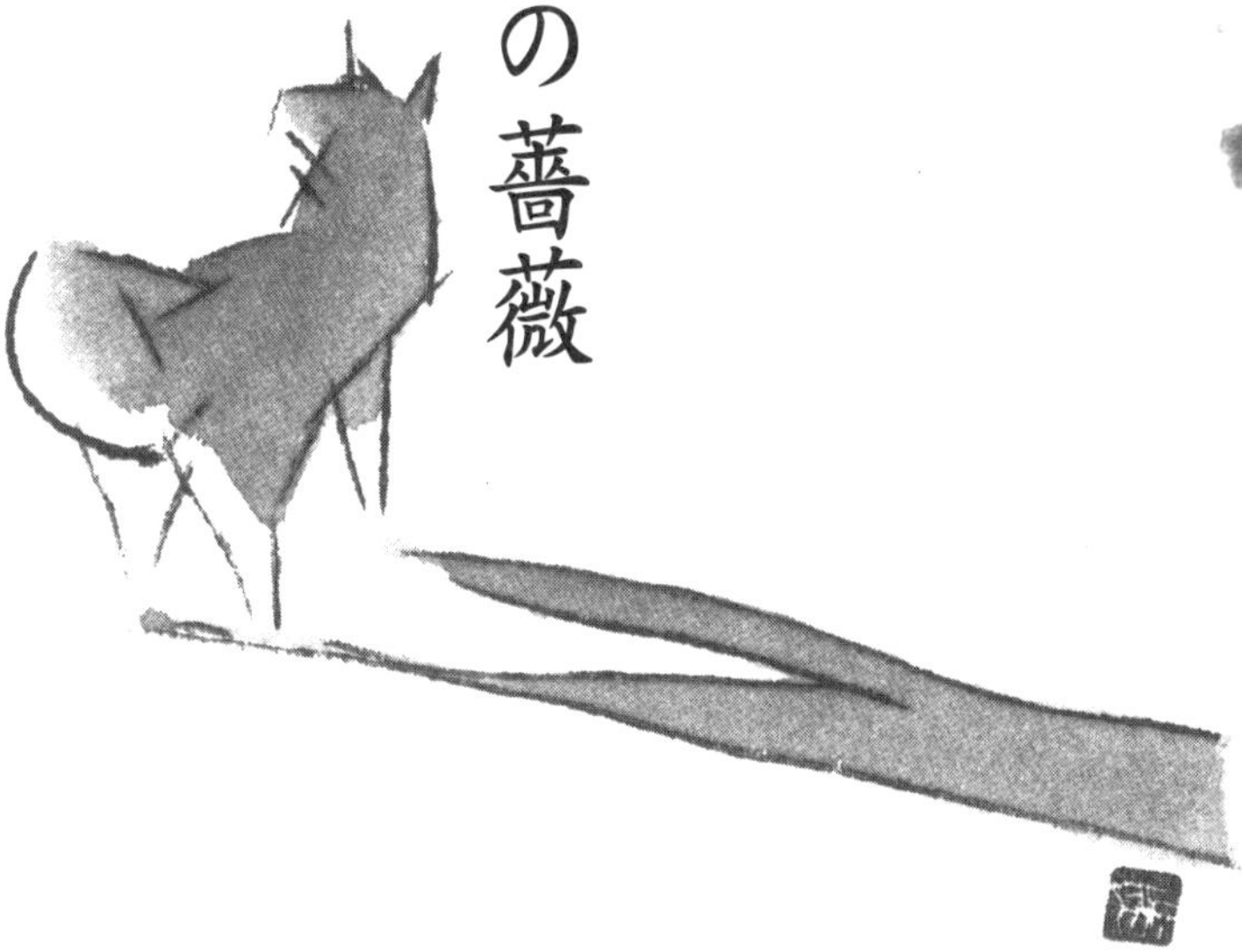

鳥影社

◎画・装幀　中馬泰文

夏の名残りの薔薇　目次

第一部　わが心の森ふかく

1

――その夜、私は十二時過ぎまで北のスナックで飲んでいた。梅田《うめだ》の外れの、カウンターに十人ばかり腰かけたら、もういっぱいになってしまう小さな店だった。

ママは韓国人とのハーフであり、なかなかの文学少女、中年の文学少女であった。ただ近頃とみに老眼になって、細かい字が読みづらいし、長らく読んでいると頭が痛くなるとこぼしている。ただ我々の同人誌は必ず読んでくれた。

連れ合いのマスターはドイツ系スイス人で、店の手伝いをする一方で、昼間は翻訳の仕事をしている。大変にママを愛していて、盆休みに夫婦でスイスへ帰る以外は、大阪を離れない。

彼のたどたどしい日本語が、この店をなんとなくインターナショナルな気分にさせ、インテリの客が多かった。

京都育ちのママは、革新的な思想の持主で、またなかなかの毒舌家でもあった。好き嫌いが激しく、インテリの客に負けてはいなかった。セックスについてもかなりきわどい話を平気でするのだ。「れい子、れい子」とずいぶん背の違うマスターがそんな彼女をセーブするのだが「あんたは黙って」とママはいよいよ調子を上げ、とどまるところを知らない。

私は二年前に営業に替わった。もともと私は建築の技術屋だ。入社以来技術畑で二十年、この年になって営業に廻されるとは思わなかった。四十の半ばになって営業の一年生である。人と話すこともあまり得手な方ではない。本当に泣きたい気持である。

相手にするのは人間よりも、ものいわぬ設計図の方がうんといい。どんなややこしいむつかしい図面でも、またいいかげんな設計でも、そこにはイメージで構成される宇宙がある。そして裏切られることがない。

しかし人間ときた日には、どこまでいっても底なしの、安心できない不完全な代物だ。いつ気が変わるか、裏をかかれるかわからない。どんな約束をしても、いつも気が抜けない。

情報入手から成約まで、数ヵ月から一年ぐらいかかる。競争に勝ち抜き、利益を確保して、契約の調印まで持ってくるのが営業の仕事だ。相手にくいつき、浮気をさせないように、もっぱらサービスにつとめる。気が遠くなるほどしんどい仕事だ。

ひっきょう営業は接待ということになる。目の玉が飛び出すほどの請求書が廻ってくるクラブだ。女の子がべったりとくっつき、高いブランデーを飲んでも少しも酔わない、しかし後で悪酔いのするきらびやかな新地のバーだ。

こういう夜の街は、北であろうが南であろうが、自分の家の居間にいるようなくつろぎがある。私はもともと雰囲気で酒を飲む方だから、営業接待であっても、自制がきかなくなって深夜に及んでしまう。

ネオンやショーウインドーや街灯のあかりの人ごみの中を、客と肩を組んだりしてぐだぐだいいながら、半分はどこを歩いているのかわからず、ふわふわと漂い、なじみの店を捜すのは悪くない気分だ。知らない人に突き当たって握手をしたり、挨拶をしたり、この時ばかりは誰に対しても優しい気持になる。

営業のノルマを達成し、会社の決算を控えた九月の半ば、この夜は接待ではなかった。久しぶりに文学仲間と割り勘でオダを上げていたのである。どろどろした営業を忘れて、抽象的な話題に自分を解放していたのだ。

私の同人誌歴は古かった。古いだけが取り柄のずぼらな書き手だった。一年に一作か二作、書かない年もあったから、大学から数えて二十五、六年になるが、まだ三十数編ぐらい、一編七、八十枚としても、まだ二千数百枚ぐらいにしかならない。

この間いくつもの同人誌に参加し、大阪にある文学学校にも十五年近く関わって書いてきたが、満足のできる作品は、残念ながら一編もないという仕末だ。年だけを無駄に重ねているという感じがしみじみと強かった。

「ぼくの作品はフィクションがかちすぎるんやなあ」

営業の接待では話せない、そんな話のできることにうきうきしながら、私はさかんに喋《しゃべ》っていた。

「小説はフィクションだと頑固に思い込んでるところがあって、いつもどこかでアイデアで勝負しているんやなあ、だから出来上がったものと、他人の空似みたいに血縁関係が結べないんや」

「まるで人工受精やないの」

カウンターの中からママが口をはさんだ、

「そうやええことというわ」

「もっと汗を流さなあかんのちがう」

「ええっ、どこで汗を流すて……」

同じ同人仲間である喫茶店のママが割り込んできた。

プロのカメラマンや小児科の医者、市の職員で平野区《ひらの》の区長、在日韓国二世の女性、それから特異な世界を描く女性や、男と女のメランコリーな関係を描いて賞をもらった女性、多士済々《たしせいせい》である。年齢も職業も違う、書くことのみによって出合った人たちの中にいると、私は生き返ったような気持ちになる。

夏の終わりのその夜、年配の者だけが残り、どういうきっかけでか敗戦直後の話に熱が入った。ママを含めて、ほぼ同じ世代であり、疎開や空襲の話、引き揚げや闇市、焼け跡と飢えの体験……、あげくにカラオケで「リル」などを唄いはじめ、

「今夜は敬老会やな」

と誰かがいって、なんということもなくがっくりきてしまった。気がつくと私は、地下鉄の最終電車をはずしていた。

国鉄や阪急で帰る人とスナックの前で別れ、大通りに出て、南の方へ一人帰る私はタクシー

を拾うことにした。この時間は一番タクシーのつかまらない時間なのだ。地下鉄最終も乗り遅れた客がどっとあふれ出し、広い道路にすし詰めになっている車に殺到する。長蛇の列のタクシー乗り場に並んでいては、いつ乗れるかわかったものではない。

阪急百貨店の横で、信号待ちのタクシーの窓をたたくと、あっさりと後部のドアーをあけてくれた。私はほっとして乗り込んだ。

街路樹の多くなった梅田新道を、いっぱいの車が一斉に南へ向かう。押し合うようにして淀《よど》屋《や》橋を渡り、そこから車の流れはスムーズになって、ビルの間の御堂筋《みどうすじ》の銀杏《いちょう》のトンネルの中に、緑のシグナルが遠くまで並び、その下を車は行列をなして走って行く。

高島屋の前で大きくカーブして、車は国道二六号線に入った。フロントガラスに移動する夜の街並みを眺めながら、スナックで当時の話をしていたせいもあって、ここらあたりが生活の舞台であった高校の頃のことを、思い出した。

スナックでカメラマンが吹田事件のことをさかんにいい、喫茶店のママが進駐軍の話をし、お医者さんは京橋の空襲の話をしていたが、私の場合は、彼らより少し年下だということもあって、それらはほとんど少年体験か、もしくは高校生になって読みはじめた、新聞やラジオのニュースでの知識だった。

私の高校入学は、スターリンが死に、吉田内閣がバカヤロー解散した春だった。一つ下のスナックのママの方がよく当時のことを知っていた。前年にはサンフランシスコ平和条約と同時に日米安保条約が発効していて、世間は騒然としていた。基地闘争やストの激化している様子が、新聞の第一面を占めていたのを憶えている。

入学した高校の雰囲気に、私たち新入生は、立ちすくんだ記憶がある。

復興したバラックの校舎の中庭に、赤旗がひるがえって長髪ロイドメガネの英語の教師を中心に、多分「インターナショナル」だったと思うが、数人の教師たちで唄われていて、私たちは学校でもストライキをやるのかと驚いた。

中年の労働服を着た社会の教師は、いつも教科書そっちのけの講義をした。「チンの上にはヘソがあり、ヘソの上には頭がある。その頭をアメちゃんになぜなぜしてもらって喜んでいる」等という名セリフは今も憶えている。後になるとこの教師とはよく議論をした。

そうかと思うと、「君たち、恋をしたことがあるか」とのっぽの国語の教師に問いかけられ、みんな一瞬息を飲んだ。ただこんなことは半年ぐらいしか続かなかった。半年もするとみんなは教師を馬鹿にしはじめ、〈心斎橋《しんさいばし》の上で文吾《ぶんご》先生の下駄の鼻緒がぷつりと切れた〉という書き出しの、この教師が同人誌に発表した小説を廻し読みしてげらげら笑った。

学校のこういう雰囲気に反発を感じ、私は入学と同時に柔道部に席を置いた。古い寮歌を高唱してバンカラを装った。練習の後、汗臭い柔道着を肩にかけ、今車が走っているこの道を逆に歩いて、難波の「蓬萊」まで豚マンを食べに行くのだ。歩いて三十分ぐらいかかるこの道の両側は、当時大部分がまだ焼け跡のままだった。

車は今、関西線のガードの下をくぐり、母校の長々続く塀に沿って走っている。学校を過ぎてしばらくして、一瞬、私は酔いが覚めたような気分になった。

――花園教会が全面工事用シートにおおわれている。

「ちょっと止めてくれ」

私は、かなり大きな声を出した。タクシーは次の信号の手前で歩道に寄って停車した。

「ここで降りるわ」

「こんなとこでですか」

「いくら？」

運転手は不服そうにメーターを読んだ。

「ツリはええよ」

私はそういって、車から出た。礼もいわずに、車はぶいっと走り去る。

鋭く、ある予感が走った。……教会が解体される。車の走り過ぎた距離を、大急ぎで引き返した。

人通りのとだえた道を、シートにしたがって教会のまわりを一巡した。このシートの張り方では、改修ではない、明らかに解体だ。私は次に、移転先の看板を捜した。それが見つからない。そうか一般の会社と違って移転先などありえないのかもしれないな。そうするとこれはもう完全な解体だ。なんということだ、これは……よりによって教会解体とは。

教会を守ってきた当時の若牧師夫妻の顔が浮かんできた。今の日本では、キリスト教会の存続はきびしいのかもしれない。だけど、私には不滅に思えていた。教会は永遠でなければ困るのだ。いつかここへ必ず帰って来るという予感を、ずっと抱いて、生き続けて来たように思う。

向かいの家の暗い軒下に立ち、高々と張られたシートをにらみながら、私は、いいようのない怒りを憶えた。

教会堂と牧師館の間のシートの紐をほどきにかかった。多分このあたりが工事用の進入口のはずだ。長年の建築技術者としての予測は、悲しいほど的中した。身を入れられる隙間を作って中に入ると、目の前にＰ＆Ｈの黄色い車体が、私の出現を待ちかまえてでもいたように、夜の中で傲然と静止している。

中庭に面した教会堂の外壁はえぐり取られ、庭は廃材の山だ。月の光と、隣地に建ったマンションの外灯で、庭はかなり明るい。長年現場で見なれてきた、さまざまな建築資材の裸の解体材の山、解体された部分から見ると思いがけない量の大きさだ。積み上げられた中庭の一番高い部分は人の背ぐらいもある。この程度の傷なら、この材料を再び使用して、原状復旧は可能だなあ、壁ぐらいを新しく塗り替えて……、私は悲しみに胸をとざされながら、そんな可能性を計算していた。

思い直して今度は右手の牧師館の玄関に立った。ここに立つのは何年ぶりだろう。あれから三十年、思いもかけない歳月だ。

ここはまだ外観は無傷だ。外部から見る限り、あの当時とあまり変わっていない。洋風の二階建、今ではどこにでもあるちょっと大型の住居だ。まだ中に人が住んでいるように、その玄関はひっそりと静まりかえっている。

……信じられないことだが、三十年近い過去の日々が、わあっと私におおいかぶさってきた。形をなさないさまざまな思いが、ざわめきが、像がいっしょくたになって渦巻き、とうに忘れ去っている記憶が、解体されおびただしい破片になって、一気に襲いかかってきた。とにかくなにがなんだかわからない。竜巻にまきこまれたようなものだ。

深夜の、無人の館の玄関にたたずみ、私は今ひどくにぎやかだ。さまざまな顔が、声が、場面が私のまわりで渦巻きとりかこんでいる。丸顔の眼鏡の若牧師がいた。笑うと目がなくなる桜子先生の笑顔があった。聖書を持った黒い裾の長い服を着た老牧師もいた。長老の人々、椅子に正座している白髪の老婆、廊下を走り廻る子供、さまざまな服装の若者。しきりに喋っている高木さんがいた。司会している野々宮君がいた。そしてなによりも、いろんな表情の響子がいた。人々の話し声、笑い声、が私をとりまいている。

場面が一つ一つほぐれてきた。——秋だ。虫の音が聞こえる。夜の集会が終わって、礼拝堂のアーチ型の窓からの光がこぼれる庭の芝生を、桜子さんと話しながら歩いてきて、彼女は玄関に消えた。私は彼女と親しくなれたことでわくわくしていた。彼女と話しながら教会の庭を歩いたり、牧師館の玄関まで来て、彼女の出てくるのを待つということに、誇らしさを感じていた。私は高校二年生、桜子さんは若牧師と結婚して間もなくの頃だ。

下町の教会に桜子さんはまぶしい人だった。小柄だが均整のとれた容姿で、育ちのよい華やかさと優しさが自然にそなわっていて、笑うと目が隠れてしまった。なによりも彼女の読書量が私には圧倒的だった。教会の中で、まず親しく話したい相手だった。

待つほどもなく桜子さんは現われ、笑いながらキェルケゴールの『死に至る病』を私に手渡した。先程話していた本だ。「……まだお読みになっていないなら……」お読みになってないもなにも、聞いたことすらなかった。漱石と芥川ぐらいしか本格的に読んでいなかった私に、キェルケゴールは驚きだった。新しい世界を開いてくれた。気取っていえば、思想というものとの出合いであった。

冬、ぽっかりとした玄関の灯の下で、牧師の娘の響子に、誕生祝いをプレゼントした。二人とも高校三年、彼女の誕生日は二月の何日かだったはずだ。やはりこの玄関に立ったのは夜だった。

集会の時には人目があって渡せず、渡す勇気がなくといった方が正確か、そのくせあつかましく、案内をこうて玄関に立った。コート姿のままぼさっと立っているように見えたが、内心はどきどきして今にも逃げだしたい心境だった。セーター姿の響子が玄関に出てきて、「なに？……」というような表情をした。

「誕生祝いと思って……」

私はぶっきらぼうな表情のまま、ぶっきらぼうにいって、リボンで結んだ小さな箱を差し出した。彼女は驚き、それから急に赤くなり、私はどぎまぎしてしまった。彼女は受けとって、

「こんなんもらってええのかしら……」

とつぶやいた。

「たいしたもんやないねん」

中は、小さなチンチンをつまんでいる小便小僧の石膏《せっこう》像だった。

「ありがとう」

その翌日、彼女はもう一度「ありがとう」をいったが二度目のありがとうは笑いながらだった。それから「きのうは突然でびっくりした」といった。

その前の年の夏、響子は父の牧師と大山《だいせん》に旅行した。なにか読む本はないかということなので借してやった。ホテルのテラスで、大山を眺めながら、私の貸したモーパッサンの短編を読んだといっていた。彼女の座っている椅子の形から、一面の草原、夕焼けの大山の遠景まで、目に見えるように描写して夢中で語った。

その雰囲気でモーパッサンはあまりふさわしくなかっただろう。友人の浜崎の愛読しているヘッセがよかったのではないか、と思ったが黙って感心して聞いていた。その礼のつもりだろう、響子はみやげに小さな包みを、木彫りの河童の置き物を、私に手渡した。女の子に個人的

にものをもらうなど、初めての経験で驚いてしまった。が今度は彼女の方がそっくり同じように驚く番だった。

庭の芝生が夏の光に燃えていた。通用門の脇のカンナの花も燃えていた。玄関のそばに大きな木があって、そこは日陰になっている。私たちは芝生にじかに座り込み、赤い汁を垂らして西瓜《すいか》をほおばっている。

夏の修養会が終わって天王寺駅で解散になり、私たちはタクシーで帰ってきた。タクシーに乗ろうといったのは響子であり、ちょっと驚いた。国産車が出はじめた頃であって、トヨペットマスターという車だった。響子を真中にして、私と野々宮が両側に座った。こうして高校生たちは、意気揚々と、この玄関に凱旋《がいせん》してきたのだ。

足を投げ出して西瓜を頬張りながら、若牧師と桜子さんに、交替で、夏の海辺での高校生の集会の様子を報告した。浅瀬でぱちゃぱちゃやっていた泳げない響子が、ひやかしの材料になった。西瓜を手に負けずに喋っている響子、横座りになって笑いながら聞いている桜子さん、この時珍しく彼女の母である牧師夫人が一緒だった。上品で物静かな夫人だったが、この人とは挨拶以外に口をきいたことがなかった。日陰の木の根元に座り、ひっそりと皆の話を聞いているだけだった。この人の腹からどうしてあんなやんちゃな響子が出てきたのか、信じられない気持だ。

――無人の廃墟の深夜の玄関に一人たたずみ、にやにやしたり、しきりに考え込んだりしていたが、思い切って暗い玄関を入った。

人が住んでいて、人が出て行った後の、がらんとしているが、同時に雑然とした空家が私の胸をついた。あわただしく、ここを去って行ったのだ。まだ出て行ってからそれほど時間が経っているようには思えなかった。長年の生活の匂いが、死にきれなくて色濃く漂っている。

ここに下駄箱があったはずだ。その上に電話器が……ここで響子は電話をしていた。いろんな友達に。……その中に白河静雄……つまり私も入っていた。幸福な電話もあったが、あまり幸福でない電話もあった。しかし実際は打ち合せの電話が多かったのではないだろうか。

「あんた寒いんか」

高校生の彼女の声が甦ってくる。私は不思議な気がしてきた。二十八年も九年も前の過去が、ほんそこに置かれている。私も当時の私だ。歳月というのはいったいなんだろう。

あれはなんの話の時か、彼女がそういったのは、――声だけが生きて漂っている。多分冬か春先だったろう。私は家の玄関の上り框に腰かけて、彼女に電話をしていたに違いない。電話が長くなり過ぎて、家の者のことが気になり、彼女の家の人のことも気になり、そわそわしだしていた。その気配を電話の向こうの響子がかぎとったのだ。とにかく直感の鋭い女の子だった。

教会の中で、たいていのことは彼女が決め、私はのそのそとそれに従った。いついつにこういうことをするから来えへん？　とか、どこそこでなにがあるから行けへん？　とかいわれ、私はわけもわからず参加するのだ。わけもわからず参加するというのは度胸のいることだが、その内容を彼女に尋ねるというそんな度胸が私にはなかったのも事実だ。

この時も、とにかくこみいった話だったのだろう。電話が長くなり過ぎて、話の続きはまた今度にしよう、と私がぼそぼそといったのだ、と思う。間髪を入れず、響子は腹を立ててそういい、私はしゅんとなってしまった。

教会の行事等に不案内だということもあったが、それぱかりとはいえなかった。こういう二人のパターンは最後まで変わらなかったのだから。強がりでなく、他の場所では、私は決してぼやぼやしていなかったのだから。私は同年代の女の子の扱いがわからなかった。きっちりしなければいけないことと、いいかげんにしておいていいことの区別がつかなかった。

高校生の男女関係には、親しさもしくはなれなれしさと、他人行儀が隣り合っている。相手の中に、どこまで入り込んでいいのか、その境界がどうにもわからない。ところがそこのところを響子は実にはっきりと理解していた。自信を持っていて、私のように失敗し、後悔し、まごまごするということはなかった。

要するに私は教会の中ではいつもぼさっとしていた。なにをしていいのかわからず、響子にいわれてはじめて気がついて動くというようなことだった。あまり誰とも口をきかない、他の人からすればどちらかというと声をかけたくないタイプの、ゆううつな顔をしたむさくるしい高校生だったはずだ。

ここで育った響子は、なかなか負けず嫌いの、いつもリーダーシップを発揮している、ちょっとなまいきな、いろいろと癖の多い、教会を闊歩《かっぽ》している女の子だった。だから勝負は最初からついていた。

——玄関のたたきに立ったまま、私はなかなか上には上れない。誰もいないのに、過去が濃密な闇を形作って、私をびっしりとりかこんでいる。高校生の私なのか、四十半ば過ぎの私なのか、ここを上れないのは……誰か教えて欲しいと思う。

そこから見える玄関の右の応接室。暗い中でソファーも何もなくなっているのが分る、狭い空間、——ここで私は懺悔《ざんげ》をした。そうして洗礼を受ける決意をかためた。

人生に密度というものがあるとすれば、私の人生で、この教会に通っていた三年ぐらいが、一番密度が高かったのではないだろうか。

2

高校二年の初夏、学校からほんの数分のこの教会を初めて訪れた。日本キリスト教団、花園教会である。

まだ戦後十年経っていない頃で、国道二六号線には目立つビルもなく、学校の運動場の向こうに、教会の塔だけが青空にすっくと伸びていた。それでもまだ花園町のそのあたりは建物の密集している方で、西成区でも私の家のある西の方へ行くと大部分が焼け跡のままだった。

焼け残って黒ずんだ鉄筋コンクリートの一部の校舎以外は、クレオソート塗りの木造二階建のバラックが私たちの高校だった。ボールよけの防護の金網が窓に貼ってあり、その前にひょろひょろした木が植わっていて、それら全体が監獄の印象だった。

運動場とは反対側の木造二階の端っこが私たちの教室で、関西線のガードが見えた。授業中、焼け跡に作られた菜の花畑の中を、黒々と煙を立ち昇らせて汽車のやってくるのが見える。教室の前あたりがカーブした登り坂で、蒸気機関車は黒い煙と白い蒸気を上下に吐いて勢いよく登ってくる。

「……島！　汽車が走っているな……うん」

教師の声に私の横の島が、ゆっくりと黒板の方を振り返る。高校に入ってから私は目が急に悪くなり、そういう生徒が何人かいて、前の方に席を替わってもらっていた。島もその一人だ。彼はちょっと人を無視したようなところがあり、授業が退屈だと机の上に頬杖をついて、平気で窓の外を眺める。

教師の声に、私の方はあわててノートを閉じた。この時日記帳を取り出して、妙な絵を書いていたのだ。「青春」と題して、崖の上の岩を押している狼の絵だ。本人は狼のつもりだが、なんだか山羊のように見えた。この岩が「性」を意味していた。性の衝動に押されて、岩もろとも人生を転げ落ちる、ということを暗示するつもりでいた。

いずれにしろ、授業はたいていたい退屈だった。窓からのこの眺めはいい気晴らしになった。授業中、窓の外を眺めているか、ノートにいたずら書きしているか、小説を読んでいるかだった。

楽しみはお昼の弁当だが、肉などはめったに入っていなかった。私の好物は甘からく煮込んだ梅焼か、御飯の間に薄く敷き込んだ花かつおの弁当だった。早弁といって昼休み前に食べ終わり、昼休みは目いっぱい運動場でソフトボールをした。

府立高校のわずかな授業料さえ、なかなか収められない家計状況であった。薄暗い校舎の玄関の木造の壁に、授業料滞納の生徒の名前が張り出された。二ヵ月滞納者の中に、私や島の名前がよく入っていた。

学校から約二十分、焼け残った家と両側畑の焼け跡の細い道、それから川沿いの道を歩いて家へ帰る。ぼこぼこと穴のあいたコンクリートの道を、私はいつもあれこれ思索したり空想したりして歩いた。放課後、物理の実験室で聞いた、アインシュタインの相対性原理というような高尚な思索も入っていたし、初めて「飛田《とびた》」で女を買ったやつの話していた、女のあそこは蜜の壺だというような話からの空想も入っていた。

川の土手は一面の雑草で、私の家のあたりは、かつて木津川尻重工業地帯といわれた、海抜零に近い工場街の焼け跡で、セイタカアワダチソウが黄色い花を揺らせて、うねっていた。一面原野のようで、人口密度が低く、川の土手や丘の上にバラックがへばりついている以外は、私の家のように、工場跡の焼け崩れた機械や煙突の残る敷地の中に、小さな家があるきりだった。

そうして、物置のようなバラックの工場で、細々と石鹸《せっけん》を作っていたり、家族総がかりで丘の向こうの家では鋳物を作っていたりした。

しかしそのあたりも、朝鮮戦争の特需景気で息を吹き返した重工業が徐々に回復し、大規模な工場の再建がぼつぼつ開始されはじめた。

勉強している玄関の間の机に、あるいはぼんやりと放心して頬杖をついている机に、昼間は、風に乗って鋲打ちの音が遠くから響き、夜は、雑草のむせるような匂いと焼け跡一面の虫の声が、窓からそそぎこまれてきた。

〈雨の夜の、宙にぶらりと、人生終る〉

〈死ぬによし、生きるによしの、夜長かな〉

〈酒を飲み、夜遊びをして、やがて死ぬ〉

こういう俳句を作った。

近所に俳句をやる友人がいて、その影響もあった。いまだに憶えているいくつかの寮歌は、彼に教わったものだ。彼のベニヤ貼りの狭い勉強部屋で、どういうわけか原爆による世界終末戦争の話を、幾晩も話し合ったことがあった。その部屋はベニヤの匂いもだが、自分自身がそうだったからか、汗と精液の匂いもむんむんしているように感じられた。

女のあの部分がどんな形をしているのか、かいもく見当がつかなかった。風呂屋で見る小さい女の子の三角の部分に入った小さい溝と、公衆便所の壁に落書きされている大小二つの丸の真中に線が入っている絵との関連性が、わからなかった。夜店の古本屋で買った夫婦雑誌を見ても、それをいくらくわしく読んでも、それがどういう風になるものか、どのように行われるものか、ちゃんと理解できなかった。

ただ熱く固くなっている自分のものを眺めると高揚した。家が狭かったのでたいてい外で、焼け跡の人の背より高い夏草の草いきれの中や、月夜の運河の堤防の下の暗い水に向かって、熱い自分自身を握りしめた。幾夜となく、夜と自然に向かって自分を解き放った。あるいはこの性と自然の抽象的な関係が、精神上の目ざめをうながしていたのかもしれない。

しかし終わった後、いつも死ぬほどの後悔を味わうのだ。〈人間は悔いる人間獣である〉という言葉が日記に残っていた。

文学よりも、音楽に対する目ざめの方が早かったようである。家に、防空壕に避難してあって焼け残った古い電蓄があって、時々遊びにくる叔父が、クラシックのレコードを置いていた。何枚にもなったシングル盤の、ベートーベンの「運命」の全曲を聞き、私の中でどういう部分かが目ざめて、それに呼応した。

もともとが本好きだった私は、一年生の終わりに国語の教師と相談して有志をつのり、二年の新学期の始まるのを待って、数年とだえていた文芸部を再興した。二、三年生を合わせても十五人ぐらいのクラブである。しかしこの内の約半分の仲間が、その後の生き方に関わりあって、長くつき合うことになる。

私たちの高校は歴史は古かったが、戦災で校舎の大部分を焼失してしまっていて、文芸部の部室は木造校舎一階の図書室の使用が認められただけだ。本の棚にかこまれたテーブルで、休刊していた雑誌「十代」の復刊の準備と、読書会を持った。

最初、漱石や鷗外、芥川や武者小路、太宰や織田作をやっていたが、しだいに西洋文学をやろうという声が強くなった。ところが誰かが聞きかじりで、西洋の文学を理解するためには、キリスト教を知らなければ駄目だ、と声高に主張しはじめ、議論はそういう雲行きになった。

「あすこに立派な教会があるじゃないか」

と窓から見える運動場の向こうの、塔の十字架を彼は指差した。

ところが初夏のある日曜日、校門の前に集まったのは数人で、そう主張していた三年生の数人は来ていなかった。国道沿いの数百メートルの道を歩いて、私たちは教会の玄関の階段を上り、おそるおそるキリストの殿堂に足を踏み入れた。

花園町の方から通学していた三年生の中村から、教会の評判は聞いていた。彼自身は、「馬鹿くさくて行けるか」といっていたが、その教会のことは評価していた。

甲田栄《こうださかえ》牧師は、もとはその近くの商店街の食堂の店主であって、貧しい人々のために食堂を解放して、キリストの集会を持っていた。戦後西成区のそのあたりはひどいスラム街で、そういう中でこの教会は生まれたのである。私たちが訪れた頃は、国道筋に建てられた教会は新しかったし、当時としては立派な建築であった。

正面の白い壁の大きな十字架、高い天井から下がっているいくつものシャンデリア、上がアーチになっている窓の両側にしぼられている豪華な赤いカーテン、背面の繰型の手摺のついたバルコニー……。床がぎいぎい鳴るバラックの校舎で毎日を過している私たちには、ひどく贅沢な場所に思われた。

広い教会の中はどこも、大勢の種々雑多の人々で、バザールのように混雑していた。しかもまるで出入り自由という感じであった。いささか緊張してやってきた私たちは、すっかり気抜けしてしまった。受付で、案内書をもらい、聖書と讃美歌を借りて、広い礼拝堂の、いくつも並んだ背にテーブルのついた木の長椅子に腰かけた。ほんとにさまざまな人々でにぎわっていて、こんな光景は初めてだ。

礼拝が始まり、黒い衣装の甲田牧師が正面に現われ、会堂の中は急に静かになった。主の祈り、讃美歌、説教と続いたが、なにを期待して来たというわけではないけれど、私たちはなんとなくはぐらかされた気持になった。高い天井まであるいっぱいの窓から、明るい朝の光が降りそそぎ、会堂いっぱいの人々はさわやかな顔で話を聞いていたが、説教そのものも、私たちにはつかみどころのない感じだった。礼拝が終わって、再び混雑した廊下を抜けて、早々に引きあげた。

数度目の集会の時、つまり一ヵ月近く経って後、すでに夏休みも半ばを過ぎていたと思う、その頃には教会へ来るのは私一人になっていたが、……高校生会を作るから参加しないか、と突然、響子に声をかけられた。

——今、庭に積まれた廃材の山を、私は眺めている。この山のどこを越えて教会堂に入ればいいのだろう。いたるところに釘も出ているだろうし、変なところを踏めば、がさっと崩れてくるに違いなかった。

比較的空地のある納骨堂のあたりから、庭の隅の方へ迂回して、決心をしてそこから登ることにした。月の光と外灯のあかりの中で足がかりを捜し、解体材の中のわりあい太くて長い柱に足をかけ、ぐっと重心を移した。ばさばさと沈むが、手でささえるところがない。ズボンにひっかき穴を作ってもしかたがないだろう。思いきって、足を次に移した。なんとか登れそうだ。慎重に山の上に立ち、あたりを見渡した。この教会もビルの谷間になってしまっている。

国道を走る車の音がひびく。

今度は慎重に降りることにする。足場を捜してゆっくり下り、えぐりとられてぽっかり開いた口から、直接教会堂の中へ入り込んだ。そこは不意に教会の廊下だった。暗くてよくわからないが、ここはまだ当時のままらしい。

早くも閉めきったままの、かびくさい湿った空気が、がらんどうの暗い白壁の廊下に淀んでいる。ぼんやり明るいのは玄関の方だ。反対の暗い方は礼拝堂だ。どことなく違和感がある。

廊下の横っ腹から入り込んだからか……長い年月が経過しているから当然かもしれない……いやそうではなかった。玄関と廊下の間にガラススクリーンが出来ていたのだ。なんだか病院の廊下のような感じになっている。

目がしだいに慣れてくる。私は礼拝堂の方へそろそろ進むことにする。

——多分、このあたりだ。礼拝堂への潜り戸のあったこのあたり、礼拝の後、帰りの人々で混雑する廊下で、響子に初めて声をかけられた。先に出て、私の出て来るのを待っていたらしい。

私はまだこの女の子の名前を知らなかった。彼女が牧師の娘であるということも知らなかった。教会へ来るのがまだ数度であるから、誰とも話をしていなかったし、教会の人を誰も知らなかった。もしこの時彼女に声をかけられなかったら、文芸部の他の仲間と同じように、私にとって神は無縁のものに終わっていただろう。

教会に来ている若い女性は、どの人もなんとなくまぶしくて近づきがたい感じであった。西洋文学を理解するためという大義名分はあったが、実際はクリスチャンの女の子が目当てであったと、そう正直にいうべきだろう。そんなあこがれの女性の中で、響子はなんといっても目立った。

だから自然、彼女のことは、最初の時からなんとなく意識していた。オルガンの前に座って讃美歌の伴奏をしている、ちょっと魅力的な……といっても、まだ私の中に好みのタイプの基準が出来上がっていたわけではなかったから、なんとなく好ましい感じの女の子として、意識していた。

まぶたがぷくっとふくれて、目が黒々としている。頬から首へかけての肉が白く豊かで、髪のほつれ毛がなやましい感じだった。腰は大きかったが胴はしまっていて、これも豊かな胸に楽譜をかかえて、窓ぎわの通路をさっそうと歩いた。自分と年頃の似た、それでいて一人前の女である彼女を、いつも知らず知らず目で追っていた。

私の記憶に間違いがなければ、数人でやってきた府立高校の校章をつけた男子生徒を、最初の日から彼女の方でも意識していたように思う。以後、私が目で彼女を追っている時彼女の目も私の上に止まっていて、まともに見つめ合うことがあった。知らない間の方が、互いに大胆であったのかもしれない。

互いを観察し合い、互いを物色し合い、互いを品定めし合っていたということだと思う。どんな理由をつけてみたところで、男女の最初の出合いというのは、ここからは出ないだろう。そんな状態の中で、彼女に声をかけられ、声をかけられたというだけで、私はどぎまぎしてしまった。

「あの……」

実をいうと、彼女が何をいっているのか、さっぱりわからなかった。声をかけた響子が完全にあがっていて、後で知る彼女らしい歯切れのよさは、この時少しもなかった。私は彼女に思いがけず声をかけられて最初から理性を失っていたし、彼女は私が話の内容を理解しないで何度も問い返すものだから、うわずってしまっていた。

「ケエーケエーエス」

「えっ、ケエ・ケエ・エス？」

どうしたらいいのだろう。この女の子のいっていることがさっぱりわからない。彼女の方は説明をあきらめなかった。アヒルかオットセイの鳴き声のようなそんな言葉を、交替交替に繰り返し、二人とも恥ずかしさで真赤になりながら、死にものぐるいで押し問答をした。教会という場所のせいもあったと思う。耳なれない言葉に、私はとんでもないことになってしまったと思った。

私がもう少しあきらめの早い性質だったら、そうして響子がこれほど頑固でなかったら、この商談はとっくに不成立に終わっていただろう。初めて口をきいた二人が、相手のいうことが理解できないとなると、外に手の打ちようがない。逃げ帰るしかないわけだ。

人のたてこんでいる廊下で、帰る人たちの通行の妨害をして、一歩もひかずに頑張っている二人に、様子を見に来た牧師が助け舟を出した。歯並びは悪かったが、彼の説得力は素晴らしいものであった。

「K・K・S」とは、キリスト高校青年の頭文字であり、教会の青年部の高校生会であるらしかった。それは全国組織で、この教会でも、今度数人のメンバーが中心になって発足させようというのである。一つ響子たちを助けてやってくれないか、と彼はいった。どういう内容になるか、それはこれから皆で決めればいいことだ、という説明なので、私はその場で参加することを表明した。

横で下を向いて聞いていた響子は、ようやく落ち着きを取り戻して、私を案内した。礼拝堂の脇の小部屋にすでに十人近い高校生が集まっていて、私は響子が作ってくれた彼女の横の席に腰を下ろした。

その席で、響子はさっきとはうってかわって、てきぱきと発言し、私は唖然としてしまうのだ。彼女はなんでもこの会にテーマが必要だ、というようなことをいっていたように思う。向かいの男子高校生たちは、キリスト高校青年だから、それはおのずから決まっているというようなことをいった。そうではなく、もっと具体的なテーマ、ということで響子は頑張った。すぐ脇のこのぬくぬく育った女の子の身の動きが、私にはひどくまぶしかった。

このようにして、高校生会の第一回準備会から私は参加することになった。はじめて言葉を交わし合った時から、私たちはたっぷり恥ずかしさも交換し合ってしまった。

この後も、教会という未経験の集団の中で、私は度々恥をかいた。その度に彼女をいたたまれない気持ちにさせたと思われる。また、キリスト教に対してまるで何も知っていなかった私は、この面でも響子に多分に迷惑をかけることになった。

この教会で、初恋は、そんな形で芽生えていった。

3

今、私は礼拝堂の、桜子さんがよく座っていた、受付の机があったあたりに立っている。礼拝堂の内部は、壁と屋根の一部がめくりとられ、天井に数ヵ所の穴が開けられ、そこから外灯や月の光が差し込んで、昼間のように明るかった。何列にも並んでいた、背にテーブルのついた木の長椅子は姿を消し、演壇も、もちろんオルガンもない。割れた瓦の散乱するだだっ広い明るい床が、アーチの窓や柱列を映して広がっている。

……無残だ。私は思わずつぶやいた。正面の白い壁の十字架はそのままだ。それが何かを語っている。遅かったじゃないか……。そう、私の来るのがあまりに遅すぎた。

私はここへ来たかった。しかし来てはならないと思っていた。私は、神を、キリストを裏切りすぎていた。いやそんな大げさなものではない。教会に対し、牧師に対し義理を欠いてしまっていた。

当時のメンバーは、響子をはじめとして、みんなここから巣立って行った。しかしなんらかの形で、ここと連絡を保っていただろう。洗礼を受けたものの名簿は、教会に永遠に保存されているはずだから。私もここで洗礼を受けた一人なのだから。

私だけだ。完全に連絡を絶っていたのは……。だから、これは不意打ちだった。私一人孤立して、投げ出されてしまったのだ。

営業接待で遅くなった深夜、月に一、二度タクシーでこの前の国道を走る。まわりのビルが高くなって、いよいよ小さくなるこの教会を、いつも一瞬の内に捉えていた。その頃から、内部で解体が静かに進んでいたのだ。私が知らなかっただけだ。

――今、オルガンの前に響子が座った。

日曜の朝の礼拝がはじまろうとしている。

司会の長老が舞台の端の演壇についた。やがてオルガンの重々しい響き、頌歌が奏でられる。百人から百五十人、特別集会の時にはもっと多くの人々が、この礼拝堂に集った。商店の人々、工員、勤め人、職人、女の人も多かった。赤ん坊を抱いたり、老婆を伴ったり、若者も多く、学生や、自動車修理工、靴職人、商店の売り子、年齢もさまざまなら、服装もさまざまだった。そういう人々が、黒い歌集を手にして立ち上がり、声を合わせていっせいに讃美歌を唄った。

朝の最初の祈りが始まる。それから聖書が広げられ、聖句が読み上げられ、甲田栄牧師の熱の入った説教。

あまりまじめなクリスチャンでなかった私は、裾の長い黒い服を着た、大柄で、太い声で話をする、この伝説の人であり、同時に響子の父である老牧師が、いつまで経っても少しばかり恐ろしい存在だった。

献金と長い祈りの後、終わりの頌歌を合唱して、朝の礼拝が終わる。舞台を降りた牧師は、真中の通路を、人々に声をかけながらやって来る。オルガンの蓋を閉じた響子は、大きな讃美歌の歌集を抱いて、窓ぎわの通路をやって来る。人々は席を立って帰る準備をしている。教会の中は再び泡立つ。

私の席はだいたい決まっていた。正面に向かって右側の、中庭とは反対の道路側の、前から三列か四列目ぐらいの位置だ。最初にそこに座って、ずっとそこが定位置になった。正面の右手にはオルガンがあり、響子が讃美歌をかかえて行き過ぎる通路のある方だった。

初めての秋、私はまじめに教会に通った。しかし神などというものは、さっぱり見当がつかなかった。響子ともとりたてて口をきくわけではない。かろうじて若牧師夫人の桜子さんが時々の話し相手だった。礼拝が終わると、たいてい聖書と讃美歌を手にして、さっさと席を立ち、長い道を家路につくのだ。

日曜の礼拝とKKSの集会以外の、教会のさまざまな集会や催しに参加しはじめたのは、クリスマスの前後の頃だったように思う。ある時から急速に響子と親しくなり、親しくなるにつれて、教会での私の行動範囲が広がっていった。

同じ秋、発足して初めての文化祭を迎えた文芸部の方は、その準備におおわらわであった。

文芸部のテーマは「原爆」だ。どうしてこんな大きな社会的なテーマが選ばれたかというと、初めて交流を持った高津高校が去年同じテーマでやったということであり、その企画をそっくりいただいたのだ。それでも少人数の文芸部では準備が大変だ。

大阪大学卒業の数学の教師に連絡を取ってもらって、家が建具屋の浜崎の運搬車を借り、中之島の阪大の医学部まで、展示物を取りに行った。広島被爆の大きな写真のパネルは、これはそのままでかなりショッキングな展示になった。三年生たちは、講堂での出し物に原爆の詩の朗読をやった。その時代の雰囲気の中で、これもなかなか受けた。

文化祭の準備の作業をしながら、私たちはよく議論に熱中した。議論の種をむりやり見つけてきて、それにどれだけ理屈をつけられるか、寄ってたかってやっているという感じでもあった。放課後、ポスターを書きながら図書室で、椅子に馬乗りの型でまたがったり、窓枠に座ったり、机の上に腰かけたりしながら、口角泡を飛ばすのだ。

「ぼくは、とりあえず目に見えるものしか信じない、それで充分や」

こういったのは萩原ではなかっただろうか。どういう思考経路が彼の中にあるのか、彼は時々そんな発言をした。こういう議論に触発されて、ある時私は深刻ぶっていった。

「愛の存在を、ぼくは否定するね」

この発言に、みんなは最初啞然としていたが、

「愛の存在を否定しても、この世界は成り立つよ、例えば動物の間に愛があるなんて考えるのは、人間の主観やし、人間だけが、本能を愛という名で呼ぶのは勝手やけど、それを美しくいってみても始まらんと思うね、人間には契約という関係があるしね、愛なんて、ありもしないものを、あると錯覚しているんや」

と強く主張すると、俄然《がぜん》みんなは色めきたった。

「それは君の主観やろ」

最初に島が反論してきた。

「そうや、愛そのものは主観や、客観的な根拠みたいなものはあれへん」

「母の愛はどうなる」

こういったのは浜崎だ。

「親子というのは本能の結びつきやろね」

「男女の愛は？」

窓枠に二人で腰かけているもう一人の萩原が同じように追求してきた。

「あれこそ本能やで……」

私は笑いながら彼を見た。彼は最近、ちょっとした恋愛を経験していた。

「これはあかんわ」

萩原はさじを投げたようにいい、浜崎と顔を見合わせた。電灯の光を受けた彼らの背後は、真暗な校庭だった。

「じゃ、じゃ聞くけども、君はなぜ教会へ行ってるのか……神は愛なり、じゃないのか」

本棚を背景にして大柄な四角い顔をした牧野が、眼鏡を光らせて芝居がかった声を出した。

机に腰を下ろして足をぶらぶらさせていた私は、言葉につまってよけい足をぶらぶらさせた。

「そういう議論からすると、愛があれば、神があってもおかしくないということになるよ」

椅子に馬乗りになっている島が、牧野を見ていった。牧野は本棚の前を歩き廻り、

「教会へ、白河は愛を捜しにいっているということか。……それで見つかったんかいな」

と皮肉っぽくいい、島が真っ先に笑い、みんなも笑った。

「残念ながら、まだ見つけられないでいるよ」

と私も苦笑していった。

「そういうことをいいたかったのか」

萩原が彼らしい結論を下した。

高校二年生の後半あたりから、私の成績はぐんぐん下降していった。文芸部の活動や、議論に熱を入れる分、勉強の方が馬鹿らしくお留守になっていった。秋の初めに「十代」の復刊号を出したことも、妙な自信を私につけていた。処女作の「厄年」という私の作品は、ちょっとした評判になっていた。

高校の社会科の教師が、遺書を懐にして、関西線のガードの上から、折しも行幸中の天皇の車めがけて、飛び降り自殺をするというストーリーだ。戦後、私たちの学校に天皇の訪問があって、その時の写真がヒントになっていたが、とりたてて政治的な意味があったわけではない。ただ「テンちゃん、テンちゃん」と天皇のことを口ぐせのように話のつまにしていた、社会の教師に対する皮肉は込めたつもりであり、教師全般に対する不信みたいなものは、私だけでは

ないが……かなり強く出ていたと思う。

とにかく学校の勉強など意味が感じられなくて、牧野や萩原らはそれなりに対応していたが、私と島は徹底的に反抗しはじめていた。化学の試験の答案用紙に「科学の進歩は人間を幸福にしたか」などという、どこかで聞いたような論文を書き、私は意気軒昂《いきけんこう》だった。


教会へ通いはじめて半年程たった高校二年の十二月の初め、もしくは年が明けた一月の中頃、クリスマス、新年会の終わった後であったか。

……大きなガスストーブのあったのはこのあたりだろう。潜り戸を入って左側が受付、右側、礼拝堂の後部のバルコニーの下あたり……丸い大きなストーブのまわりに、礼拝の後、ひととき人々は集って雑談をした。

集会の後、はじめて響子と二人っきりで語り合ったのは、そのストーブの前に置いてあった椅子に座ってだった。

この頃、顔を見合わせ何か言葉を交わさなければならなくなると、すぐに顔を赤くしてしまうのだが、その夜は、ストーブの照り返しとストーブの熱のせいにできる、というように思っていた。しかもこの礼拝堂での記憶があるから、ここで夜の集会が開かれていた、日曜の伝道集会の後、ということになる。

しかし早くもこの頃から夜の伝道集会に出席していたかどうか、ということになると自信がない。おそらく桜子さんから本を借りるか本を返すかで、その集会に誘われたものだろう。彼女からキェルケゴールの『死に至る病』を借りたのは夜であったから、この夜と、少なくとも二回はこの頃、夜の伝道集会に出たことになる。いずれも桜子さんと話ができるという、そのために出席したに違いない。

伝道集会には普通響子は出ていなかった。オルガンはかなり年配の男の人がひいていた。響子が出ていない方が、桜子さんと話しやすかったのかもしれない。そうしてこの頃すでに、桜子さんとは、姉に対するような気持で、私はかなり自由に話をしていた。

一方で、響子とは、恥ずかしさもあったが、いろんな問題については、語り合おうとは、思わなかったようなところがある。対話にならないだろう、つまり話が成立しないだろう、と勝手に考えていた。

その当時、同年代の女の子に対して、私は憧れを抱いていたが、同じくらい軽蔑もしていた。彼女らの興味の対象と、自分たちの興味の対象は違うと思っていた。内面的な問題については、とうてい語り合えないだろう。彼女らと上手に話をするには、彼女らを喜ばせるにはそれなりの話題があるのだ。だから切り換えをしなければならない。

私はスマートではなかった。その切り換えができなかった。女の子たちと平気で話し合える男たちもいたが、やっかみ半分でそういう男たちさえ軽蔑していた。私たちの高校は工業高校で、女子生徒はいなかったからよけいだったのかもしれない。

教会でもこの態度は続いていた。日曜の礼拝の後など、ＫＫＳのメンバーが集って、よく喋っていたが、私はいつも話の輪の外にいた。

「この前ねえ『二十四の瞳』見て、泣いてしもたわ、子供のああいうの、わたし弱いわ、……それに歌がきれいでしょ」

響子が熱心に話していて、他の女の子がうなずいていた。こういう話なら私も加われそうだったが、勇気がなかった。

「……『ローマの休日』よかったわ、ヘップバーンよかったわ、……ほんまに最高や」

この時こそ、本当に話に加わりたかった。私にとっても、「ローマの休日」は画期的な出来事だったのだから。

こんな形で、横から観察していて、私はしだいに響子といろんなことを話したい、と思いはじめていたことは事実だ。しかし、とりあえず、若牧師と結婚した桜子さんと、まずいろいろと議論などもするようになっていた。

伝道集会の後、桜子さんと話している中へ響子がいつのまにか加わっていた。そうして気がつくと、ストーブのまわりには、響子と私しかいなかった。桜子さんが、こういう場面を設定してくれたのかどうか、私にはわからないが、自然な形で二人だけ残って、しかしかなり多弁に話し合うような成り行きになっていた。

今から二十九年前のこの夜、広い礼拝堂の一隅でガスの火を見つめながら、高校二年生の男女はかなり哲学的な命題について語り合ったようだ。ようだというのは、残念ながらその内容が少しも記憶に残っていないからだ。記憶に残っていないということは、かなり背伸びして、抽象的な問題を議論したということだろう。

その頃私が関心があったのは、人間の世界は本能と契約によって成り立っているというようなこととか、

「それやったら、結局、快楽を求めてるやんか」

——彼女の言葉が、またもや不意に甦《よみがえ》ってきた。一体どうなっているのだ——こう彼女がいった前後の事情は思い出せないが、二十九年前のこの夜、高校二年生の女の子は、確かにこの言葉をいった。あきれるばかりだ。過去がすぐ脇に、ほんの手の届くところにある。まだなまなましく生きている。

確かに、彼女はきびしく反論した。文芸部でいつもやっている議論とは違う角度からの反撃で、私は時々おたおたした。考えてみれば、思想上の問題は彼女の方が訓練されていたのかもしれない。

人々が帰って、桜子さんも牧師館に引きあげた後、かなり遅くまでそこで二人は話し込んだ。しかし本当に対話が成立していたかとなると、これは少なからず疑問であった。この後響子に長い手紙を書くことになるのだが、それはこの夜の対話に多くのすれ違いがあったからだろう。

対話が成立しているいないにかかわらず、私は嬉しかった。今までなんとなく意識し合って、気がつくと互いに見つめ合っていて、赤くなってあわてて目をそらすという関係から、こんな風に二人っきりで長い間話が出来る間柄に一挙になったということが。

それに、私は充分対話は成立していたと思っている。当時の文芸部の仲間との議論……そこでも対話が成立していたかどうかあやしいものだから。その意味で、私たちの議論に充分対抗しうるものを持った女の子の出現に、私はこの面でも、つまり二重にわくわくしていた。

響子も最初、顔を赤くしていた。ストーブの照り返しと熱のせいもあったが、私と同様それだけではなかった。しかし彼女が私に声をかけた初めての時のように上がってはいなかった。炎の反映で目をきらきらさせながら、よく聞いてよく反論した。

教会堂と牧師館の間の通路を抜け、教会の勝手口、私が今夜入ってきたあたりにあった通用門の脇の勝手口から、この夜初めて響子に見送られて帰った。

「今まで、こんなこと話し合える人、いなかってん」

別れるまぎわ、彼女はそんなことをいった。

「ぼくも、こういった問題を、女の君と話し合えるとは思わなかったよ」

と、いささか感慨を込めていった。

まだ星空がきれいだった当時、冬の夜空を仰ぎながら、長い夜の道が私は少しも気にならず夢見心地で家路についた。

それから数日して、もしくは数週間して、私は手紙を書いた。内容はもう当然記憶していないが、文芸部の原稿用紙に書いた長い手紙である。母に出してもらったのだが、切手代がずいぶんかかったと小言をいわれた。彼女から返事は来なかった。返事の書きようのない議論が、再び満載されていたことは間違いない。もう少し書きようがあったと思うが、私はどこまでいってもやぼったいむさくるしい男子高校生だった。

なにがしかのお互いの評価が終わった感じで、この時をきっかけにして、響子とは急速に親しくなった。しかし彼女と熱中して語り合ったのは、この頃せいぜい数回程度で、彼女から手紙の返事をもらえなかったこともあって、高校三年の春以降ぐらいまで、そんな形で語り合うということはなかったらしい。

教会の前の国道の、街路樹のプラタナスの葉が散りはじめる頃、クリスマスの演劇の練習で、夕方私はよく教会へ急いだ。家で早目の夕食をすませ、二十分ほどの道のりをからっ風に吹かれながら急ぎ足でやって来るのだ。いかにもいそいそという感じだったが、実はそうではなかった。

この演劇は、私には悲惨だった。原野のような広い焼け跡の中で、野猿のように育った私は、また強い自意識の持主であった。この頃すでに「厄年」などという小説を書きながら、しかしそれを自ら表現するとなると、感情的などうしようもない拒否感が働いてしまう。自分がどうにもならない、こんなみじめな感じを味わったのは後にも先にもない。

読み合わせの時から、私は必要以上にとちり、どもり、一本調子で皆の調子を狂わせた。自分の順番がくると、私はかっとなって、ああいおう、こういおうと考えてきたことが、吹っ飛び、完全にうわずってしまうのだ。もっと悪いことには、そんな私を予想して、私の番になると、響子が先にもじもじして赤くなってしまう。だから全員が緊張して、台本の上にかがみこんでしまった。

ＫＫＳの出し物は、トルストイの「人は何によって生きるか」という芝居で、私は金持の紳士なのだが、最後に馬車に轢《ひ》かれて死んでしまうという、まことに印象的な役を割りふられていた。立ち稽古になると、いよいよ問題は大きくなった。私は一人見せ物になってしまった。そう思えば思うほど、自分の身体が自分の身体でなくなって、本当に死んでしまいたいような心境だった。

小学校の学芸会で、私は劇の主役をつとめたことがあった。これは強がりでなく好評であって、学校代表で西成地区の大会まで出場したことがある。小学校の学芸会と今度の場合は比較にならないかもしれないが、焼け跡で野猿のように育ったというだけが、その原因ではないといえると思う。小学校の頃は、素直に、主役になれたことがうれしくて、無邪気に演技していたのだろう。

だからこれは自意識の問題だ。演技することを、自意識が拒否したと考えるしかない。もともと原野のような焼け跡育ちで、人見知りをする性質の上に、響子という、いささか好意を持っている女性が目の前にいることで、自分を意識する気持が倍加されたと自己分析ができる。このあたりをきっちり分析しておかないと、数ヵ月後に起こる症状の説明かつかない。

しかしこの苦しみがまるで楽しいように、私はいよいよその深みに入っていった。夕餉《ゆうげ》の匂いの漂う、くれなずむ舗道のプラタナスの落葉を踏んで、二階のギャラリーの奥のストーブのついているその部屋へ、私はせっせと通った。

クリスマス、年末、新年のさまざまな集会に私は参加した。


'To know her and to love her is joy to me.'

英文法の不定詞の勉強の時に出てきた例文が、私を捕えた。これは私の気持だと思った。響子を知ることは私には楽しい。そして……しかし、恋などというものは私にはわからなかった。

恋というものをしたことのない人に、それが恋だということが、初めてわかるのはどういうきっかけからだろう。初めて泳げたとか、初めて自転車に乗れたとか、初めてハーモニカが自由に吹けたとか、そういうはっきりしたきっかけがあるものだろうか。

恋という見知らぬ感情が、幾度通り過ぎても、それを呼び止め、名前を聞くことはできない。

これは恋かもしれないな、とある時思ったとしても、それが恋だという確証はない。

響子とのことは、私は長い間、それを恋だと、どうしても自分自身に納得させることはできなかった。いくらそういう感情が通り過ぎても、それは風のように見知らぬ感情のままであった。恋などという、だいそれたものには思えなかった。

日記に詩のような形で、こんなことを書いていた。

〈二人は、すぐ赤くなるくせに、互いの目を覗き合っている。彼女の黒い大きな瞳は、深い湖のようだ。さざ波が立ってきらきらと光った。時々そんな光のさざ波の中から、ぼくの方に向かって、金色の小鳥が飛び立ってきた……〉

互いの目を見つめ合うという行為は、最初から、そしていつしか二人の無言の言葉になった。この行為によって、多くを語り合っているという気持を、私も多分彼女も持ったと思うが、しかし実際にはなにも語り合ってはいなかった。単に心のうずきを、無意識の心のうずきを伝えあっているだけに過ぎなかったようである。

「あんたやとすぐわかったわ」

初めて彼女に電話をした時、彼女は電話をとるなり、すぐにそういった。私の心に、いつしか彼女が住みつきはじめたように、響子の心にも、私が住みつきはじめたのは確からしい。

だが高校生であった二人は、それから先、手も足も出なかった。この後も、口を開けばこむずかしい議論になった。しかし一方で、ひどくなれなれしい、兄妹のような態度や言葉を交わすことがあった。

というのは、最初の頃、響子のイメージはそれほど強烈とはいえなかったからだ。ひたすら教会という雰囲気に眩惑《げんわく》されていて、クリスチャンの女の子という先入観のとりこになっていた。これは彼女から見た私の印象もそうではなかったかと思う。教会へやって来た、何を考えているのかわからない、府立工業高校の無口な男子生徒……。互いになんとなく気になる存在ではあった。どことなく引きつけられて、気がつくと彼女の方でも私を見ているということだった。だから紆余《うよ》曲折の部分を除いては、案外すぐに親しくなれる、すぐに友達になれる要素を互いに持っていたということではないかと思う。

だが、彼女を知るにしたがって、彼女の個性の強さに驚かされることが多くなった。彼女は素晴らしいほど勝気だったが、いつも孤立している私には大胆なほど優しい面を示したりした。いつのまにか、響子の性格は、響子の容姿は、以後の私の人生で、好ましい女性のタイプの原型になってしまうのだ。

響子は猫のように目と目の間が広く、それが特徴だった。一諸に教会にやって来た口の悪い文芸部の連中は、「目と目の間で相撲が取れるやないか」などといった。目と眉の間は狭く、ほとんど平行をなしていて、そこだけよく見つめたせいもあるが、目は黒々としてよく光った。つんととがった鼻と、しゃくれた顎は、むきになって喋っている時など小憎らしい感じがしたが、頰の肉付きがよく、笑った時はぽっかりとえくぼができた。時々小さい子の泣く前の顔のように、口を一文字にした。色は白かったが、腕や足はかなり毛深い方だった。

土曜日のＫＫＳは、特別集会や結婚式の持たれる、日曜日の準備に費やされることが多く、高校生たちは臨時の会場設営係に動員された。

机を運んだり、掃除をしたり、敷物を敷いたり、飾りつけをしたり、十人ほどの男女の高校生は分担して作業をした。響子は私に指示を与え、私は牛のようにのそのそ動いた。彼女は必要以上に私の名を呼んで、無意識にそうしているらしいのだが、私は照れくさかった。

「雪の降る町を」…この頃よく唄われていたシャンソン風の転調の多い歌が思い出の歌になった。私が歌いはじめ、すぐに彼女が和した。互いの目を見つめ合いながら、大胆にオペラの二重唱のように唄ったのは讃美歌の練習の後だ。響子の挑むような目の色をいまだに憶えている。

ＫＫＳの例会は、塔の下の小部屋に移るまで、礼拝堂の奥の細長い部屋で、若牧師の指導で聖書の勉強会を中心に持たれていた。狭いテーブルに響子と向かい合わせに座ることがあり、そんな時足が触れ合った。触れ合ったまま互いに知らないふりをして、互いの体温を、わりあいずぶとく、じっと味わった。

「こんばんは」

暗い外から入ってきて、玄関で顔を合わせると、彼女はにこにこしてそんな挨拶をした。

「そうだっか、あきまへんか」

彼女は困った時、おどけてわざと大阪商人の言葉を使ったりした。

とにかく、私は響子を知るのに忙しかった。彼女の言葉、表情、癖などがひどく新鮮に入ってきた。

甲田響子……。

わけもなく彼女の名前を、スタンドの光の中で、幾度書いたことだろう。この懐しい名前は、今も、しびれるような思いをよびさます。

年があけ、高校二年の三学期の冬の終わり、多分期末試験の始まる前。教会から帰ってくると、三帖の間の私の机の上に、メモが置かれていた。

「……なんだかんだと理由をつけて、教会へ行くのも考えものだ」

これは癖のある浜崎の字だった。部屋で待っている間に書いたものだ。前の部分には用件が書かれていて、待たされた腹いせもあって、ちょっと書き足したものだろう。

最初軽い気持で読んで、それからしだいにゆううつになりはじめた。「なんだかんだと理由をつけて……」とはなんだ。いったいなにをいいたいんだ。私はむしゃくしゃしてきた。それほど意味があって書いたものではないだけに、メモを破り捨てるのも大人気なくて、それを脇に置いた形で、教科書を開いても身が入らず、いつまでもこだわり続けた。

この簡単なメモが、私にとってショックの第一弾であった。

浜崎とは家が近いということもあって、一番多く行き来していた。文芸部の中でも、最も信頼し合っている仲間であった。彼だけにではなく、文芸部の中で、教会へ通っている理由を私なりに説明していた。その説明があまり信用されていないことはわかっていたが、浜崎にこういう形で指摘されるとは思わなかった。

教会へ通いながら、私は一番大事なことを避けて通っていた。避けて通っているということを、あからさまに突き付けられたような形だ……私はうなってしまった。

神を信じようとする気があるのか、信仰に入る決心があるのか、と問われると、すべて否であった。じゃなぜ教会へ行っているのだ……。沈黙しかなかった。

もちろんそのことはいつも考えてはいる。しかし、私は教会の信者たちの、そういった信仰生活に、根強い違和感を抱いていた。甲田栄牧師の下で、敬虔な信者が多かったが、彼らとは私は別な種類の人間のような気がしていた。どう間違ってもああはなれないし、なりたくもないと思っていた。

このメモをきっかけにして、重い気持で、教会へ行く目的を、私は今さら問い直さなければならなくなった。考えてみれば、これは根本的な問題なのだ。神を信じるのか……この問いは、これ以後、そして最後まで、ぎりぎりのところで解答を迫り続けるものだった。

冬の窓辺の机で、私は幾晩にもわたって考え続けた。この自問自答でノート一冊を埋めつくした。響子に会うために、なにがなし顔を見たいがために行っている、というのが本音である。いくら自問自答しても、これ以外の解答は出てこなかった。

「せめて彼女を愛していることがわかれば、救いになるのだが……」

これが正直な気持だった。「なにがなし顔が見たい」では、ぜんぜん迫力がなかった。しかし「愛していることがわかれば……」というのもいい加減な話だ。――私は自分が嫌になってしまった。時間ぎりぎりになって、私は響子に電話をした。私が司会の順番に当たっている次のＫＫＳは休むと告げた。

クリスマスや新年会の行事が終わり、この頃には、ＫＫＳの出席メンバーは少なくなり、会合は、司会者が聖句から引用して短い話をし、それを中心に皆で話し合うという形式が多くなっていた。前の週は、響子がジイドの『狭き門』を作品のアリサに触れながら話した。

「うん、うん、わかった、あたしがなんとかやっとく」

彼女の方はずいぶんしっかりしていた。

その後、これを引き金にして、また別のショックが私を襲い、いよいよ教会へ出られなくなった。春休み受験勉強に身を入れるからなどと、再び響子に電話をしなければならなくなった。

「受験勉強も大事やけど、気晴らしになるかもわかれへんから、たまには出といで……」

電話の中での響子は、まるで姉のような優しさだった。彼女の声は、私の心にしみ通った。受験勉強にたいして熱を入れているわけではなく、私の心を悩ませていたのは別の問題だったが、春休み以降一ヵ月以上、私は教会を長期欠席した。

――ごく些細なきっかけだったと思う。その頃私はいい気になり過ぎていた。文芸部を再興したということが、大きな自信になって、自治会や新聞部に対しても大きな顔をしていたし、教師たちに対してははっきり敵対の姿勢を取っていた。この根拠のない自信が、簡単に崩れ去ってしまったのだ。

直接の原因は、文芸部の仲間の島だった。私より先に、島がおかしくなった。彼は彼なりに理由があったと思うが、その余波を私はもろにかぶった形になった。

同じクラスの彼は、一番前の席で私と机を並べていたが、退屈な授業になるとそっぽを向いた。しかもこの頃は、授業中黙って教室を出てしまうのだ。前の扉から堂々と出るものだから、教師の方であっけにとられた。

ある時、たてつけの悪い木製のガラス戸を島が出がけに思い切り閉めたものだから、扉がレールから外れ、大きな音を立てて内側へ倒れ、ガラスが全部割れてしまった。この音に黒板に向かっていた教師をはじめ、教室に居たみんなは飛び上がった。

しばらくして、文芸部の部室になっている図書室へ行くと、島は青い顔をしてふるえながら本を読んでいた。

「おい」

島は返事をしなかった。肩に手をかけると、血走った目をして、

「さわるな」

と身を固くした。にきび面の、小柄な、運動神経のにぶい、しかし全身針ねずみのような彼は、その事件をきっかけにしていよいよ孤立していった。

校内新聞に、「もの申す」などというきざなタイトルで、教科書購入に関する教師と業者の癒着をあてこすった記事を載せた。教師がリベートをもらっているということが、自治会で話

題になっていた。この記事について文芸部で話し合っている時に、

「救いようがないほど、俗っぽいな、君らは……」

島はヒステリックに抗議した。

こういう頃に、どういう時にか、それこそ些細なことでだと思うが、この詩を書いている内攻性の固まりのような男に、「……何も知らないくせに」と、捨てぜりふのような形でいわれた。

私は馬鹿みたいになって、口がきけなくなってしまったと思う。

この言葉が大変に応えた。いい気になって、大きな顔をして、えらそうなことをいってきた自分が、そのままの姿勢で凍りついた。自分の顔を、自分の声を、忙しそうに校内を走りまわっている自分を、総てその瞬間に、もう一人の自分が凝視した。身の毛がよだつような嫌な男がそこにいた。その男を、島は全身の嫌悪の針を立てて見ていたのだ。

私は、たいして本も読んでいないのに、知ったかぶりで話していた。何も知らないのに、教師にかけあい仲間を集め文芸部などを作った。自治会で大きな顔をし、新聞にうれしがって書き、授業中でも教師に議論を吹っかけたりしている。

これらのことが何もかも恥ずかしくなった。意気がっていて、目立ちたがり屋で、上っ調子だった。自分を何様だと思っているのだ。おっちょこちょいで馬鹿みたいで、完全な猿芝居じゃないか。中味がからっぽ、からっぽのかんかん踊り。……どうにもこうにも、そんな自分が我慢ならなくなった。大声を上げて、柱に頭をぶっつけて死んでしまいたかった。

学期末、当然のショックの第三弾がやってきた。学校から、父兄の呼び出し状が来たのだ。私は落第か進級かの、職員会議にかかっていた。このために、担任に、まず私が呼ばれ、それから父が呼び出された。

父はさんざんしぼられ、本来は落第のところだが、今後家庭でよく監視するということを条件に、もう一度職員会議にかけてみる、と担任がいっていたというのだ。しかしそのあと、株好きの担任と、同じく株好きの父の話が合い、和気あいあいで話してきたから、

「まあ、大丈夫やろ」

と妙な安心の仕方をして帰ってきた。

文芸部の春休みの会合を私は欠席した。牧野から家に電話がかかってきた。

「……俺、部長を降りるよ」

私は元気のない声でいった。牧野がいろいろ理由をたずねたけれど、私の方では答えられなかった。私はわずらわしくなり、いよいよ元気のない声で、

「一週間のうちに自殺をしなかったら、そのことで皆んなに釈明をするよ」

といって電話を切った。

私はひどい自己嫌悪におちいり、部屋に閉じこもったきり、二年から三年への春休みを、もんもんと過した。

4

私にいつ、偽善者の意識が芽生えたのだろう。

高校三年の文芸部の雑誌に「潮の音」という作品を書いている。新学期が始まって一ヵ月ぐらいの後、一晩で書き上げた十枚程度の短いものだ。この作品の中で、私は自分が偽善者であることをさかんに書いている。

「それやったら、偽善者やんか」

響子が電話で不用意にいったその言葉が、ぴたりと貼りついて、私の名前になった。電話の言葉は印象的だ。顔が見えないだけ、そのぶん彼女がじかに伝わってくる。こんな言葉を知っている響子に、私はおそれを感じさえした。

偽善者?………（今考えてもその言葉の意味はよくわからない。教会の木造の床の、よく手入れされたワックスの匂いが甦ってくる。多くの人々に踏みつけにされ、ないがしろにされ、傷つけられるのが当然という、偽善者の意識と重なる。

電話でどの程度の話をしたのか記憶にないから、たいした話をしなかったのだろうと思う。だから響子の方も深い意味があっていったわけではないはずだ。しかしこの宗教的な、私にとっての新しい言葉は、強烈であった。

俺は偽善者か？……そうだお前は偽善者だ。よく考えてみれば、お前は偽善者だったのだ。時間と空間を超え、お前は偽善者だ……というような調子で「潮の音」の中では書いている。春休み以来の自己嫌悪を、この言葉を発見したことにより、そっくり自分自身をそこへ投影してしまった。

ちょうど時を同じくして、私にある症状が起こっていた。これが最初に起こった春休みの時の場面はよく憶えている。

それは市電の中だ。場所は大国町《だいこくちょう》のあたりだった。時間は午後、まだ明るい頃……どこへ行くために市電に乗っていたのか、ということについては忘れてしまった。高校三年の時には柔道はやめていたから、それの行き帰りではない。ただ市電のその路線は、馬場町のニュージャパンへ柔道を習いに行った時に利用した線だ。ことに土曜日の午後。市電がすいていたから、その時も土曜日の午後だったと思う。どういう目的で乗っていたかということと、その症状とは関係がなさそうだから、これ以上考えるのはやめよう。

私は市電の、奥行きの浅い硬くてちょっと高い座席に腰かけていた。ほぼ一通り座れるぐらいの客の数だった。天気のよい春の昼下り、停留所に着いてドアが開いた。車道との間に作ってあるプラットホームに数人の人が待っていて、ゆっくりと乗り込んで来た。交差点の信号は赤のため、電車はまだ動かない。

この時、私の意識はふうっと遠くなった。意識が私の身体から抜けていった。それまで、やっぱり私はくよくよと同じことを、自分に対する嫌悪感をもてあましていたはずだ。これが不意に軽くなった。電車の身動きが止まり、開いたドアから、私の何かが外へ、ほこりっぽい街路へ、すうっと流れて行った感じだった。

この時を境にして、私は自分が見えるようになった。まるで鏡に映っているように、否応なく自分が見えてしまう。どんな時でも、自分の表情がわかり、動作が見え、声が聞こえてしまい、一瞬もそこから逃れられなくなってしまった。

私から抜けていった意識が、向かいの座席に座り、正面から私を観察している。自分の意識に見つめられながら、じっと身を固くして、私は電車に揺られていた。私は重圧から解放されたが、そのかわり、強烈な自意識に管理される、という状態になってしまった。

それはこういう状態だ。一人で居る時はもとより、人と話している時、もう一人の自分が、話している自分の表情を見、声や言葉のアクセントを聞いていた。道を歩いている時、まるで鏡に映っているように、足をぺたぺた引きずり、腹をぺこんぺこん出して歩いている自分の姿が見えた。食事をしている時、顎をがくがく動かせ、くちゃくちゃ舌を巻き込んで、食べ物を喉に押し込んでいるのがわかった。

それらの自分はひどく醜悪だった。見るに堪えられなかった。白々しくて、そのくせ嫌な気持を起こさせるものだった。失敗した嫌な場面を、毎日見ているようなものだ。しかし精神異常のような心理状態は、それほど長くは続かなかったように思う。せいぜい一ヵ月ぐらいだっただろう。長く続いたら、私は本当におかしくなってしまったに違いない。

がこの後、強烈な自意識は、私を完全に分裂させてしまっていた。生理的感覚的にではなく、心理的意識的にである。自意識と行為者としての私に、きれいに分離してしまった。行為者としての私は、総て自分ではなく借りものの自分だった。行為者の私は、自分であって総て他人だった。

喋った言葉は、口を離れるが早いか、それは私のものではなくなり、ひどく白々しいものに聞こえた。考えは、それが頭の中に生まれるやいなや、それはいつか誰かがいった他人の借りものであり、すなわち他人の考えであって、それはもう口から出せないものになった。ちょっとした身ぶりや仕草は、それを意識するやいなや、私から剝離していき、不協和音を立てて、他人のものとして意識され、もう身動きすることも危険だった。

自分が自分でないという執拗《しつよう》な意識にがんじがらめにされた。ぎこちなく、ぎくしゃくとして、口もきけなければ、身動きもならない。むりにそれをすれば、ひそひそとした声になるか、ばりばりと紙を破るような音がした。

こういう時に、私は「偽善者」という言葉と出合った。だから私はこの言葉に飛びついてしまったのだ。

激しい自己嫌悪が起こした一時的な異常心理の症状……自分が自分でない感じや、自分の身動きを他人のように感じる心理状態は、離人症とでも呼ぶべきものだろう。「潮の音」の中で、自分のことを「お前」という二人称で書いている。これもこのあたりの事情からきていると思う。〈……お前は教会へ、神をではなく女を捜しにやってきた。お前の求めているのは、神ではなく女なのだ。お前は……偽善者だ。〉

五月、六月、――再び教会に行きはじめた私は、響子と二人っきりで話し合う機会を持ちはじめていた。春休みの前後の電話以来、彼女とは親密さを増していて、彼女は私のことを気にかけていた。

そんな彼女を、いやおうなく私の世界へ引きずり込んでいった。彼女を傷つけはじめ、彼女を傷つけることで、自分を回復していった。私を偽善者たらしめた原因が響子であったのだから、彼女にとっては理不尽であっても、これは的を外れてはいなかったと思う。響子にとっても、この頃気にかかる存在であった白河静雄は、このやりとりを通じて悩みをわかち合う存在になっていった。

――今、建具がすっかり取り払われた礼拝堂の、庭に面した窓枠にもたれ、私は時間の過ぎるのを忘れて、三十年近い過去の中に身を置いている。

並んだ窓の外側に、ヒマラヤシーダーが一列に茂っていた。その枝越しに、明るい芝生の庭が見えた。ヒマラヤシーダーの足元には、コンクリートの細い道が伸び、牧師館へと続いている。この道を、春の陽ざしの中、また秋の風に吹かれて、響子は何度現われ、何度消えて行ったことだろう。

しかし今は、月と外灯に照らされた、見上げるばかりの解体材の山である。そして、ここには少しばかり酔っている私しか居ない。

……あの部屋をぜひ見たいと思った。ＫＫＳの集会に使われていた小部屋。十字架の塔の下の四角い小さな部屋。塔自身がまだ無事だから、あの部屋はまだ無傷だろう。

廊下から玄関に出て、玄関の脇の暗い階段を登る。二階の廊下のあたりは真暗で何もわからないが、確かこちらのはずだ。壁伝いに左手の方へ進む。三十年前の記憶がしごく確かなのに悲しくなる。いったいこの三十年、私は何をしていたのだろう。

あった、この扉だ。扉を開ける。三十年前の過去に通じる扉を。

国道の街灯の光を受けた小部屋は、花びら型の窓を光らせて、三十年前のまま、そっくりそのままそこに残されていた。両側の壁の花びらの繰型、入ってきた花びら型の入口、八帖ほどの白い部屋、車のヘッドライトで天井に光の変化をつけながら……。

いつも七、八人の集会。椅子とテーブルを四角形に並べて、彼女はこのあたり、私はこのあたりが定席、若牧師はいる時もあったしいない時もあった、その他、いずれも高校生たち。

……そう、偽善者の私、だからここは赤面恐怖症の部屋。

例えば少人数の時、二人は申し合わせたようにしてこの部屋に残った。彼女は足を組み、テーブルに肘をついて、にぎりこぶしにした指をかんだ。私はななめ向かいに座っていて、やはり深刻な顔をしていた。

少し前、私は彼女に、ミッチェルの『風と共に去りぬ』を貸した。彼女はその本に夢中になって、あの長編を一週間足らずで読破してしまった。話はそこから始まった。始まったように思う。響子は私にとって、スカーレット・オハラだった。小説の主人公を中にしてしか、あんなきびしいことはいえなかったはずだ。

響子は勝気であった。この勝気さは私の限りなく愛したものだけれど、それは高慢さにつながっていた。彼女は人の話に平気で割り込むような軽薄なところがあった。前後のつながりもわからずに、知ったかぶりで、話の主人公になろうとした。彼女のそういう性格を批判した。教会の中で、高校生の彼女はプリンセスだった。文芸部を再興して意気がっていた私に似ているところがあった。彼女の性格の我慢のならないところ、それは自分の性格の我慢のならないところであって、自己嫌悪の主要な部分を占めていた。だからこれはかなり痛烈な攻撃の目標になった。

〈君は勝気で高慢だ。勝気は素晴らしいけれど、高慢はいただけない。〉

必然的にこういう批判から始まったものだから、響子は激しい反応を示した。自尊心の強い高校生の彼女に、この批判は相当にきつかったに違いない。

「あの手紙はこたえたわ」

レッド・バトラーやアシュレ、スカーレット・オハラの話題の中で、響子の性格の話になり、その後私は手紙を書いた。

礼拝の終わった後、椅子に手をかけて、いずれからともなく歩み寄り、響子はちょっと笑いながら、そんな風にいった。KKSの部屋で話し合った時にくらべ、余裕を取り戻していた。

彼女は薄茶のセーターを着ていた。胸のところが白く、小熊の胸毛のような模様になっている。

私は黒いズボンにグレーのセーターだった。だからこれらはまだ五月中のことだろう。

六月に入ってかなり経っていたと思う。KKSの後、

「ちょっと待っててな、財布を取ってくるから……」

と響子はいい、庭を走っていって、すぐに戻って来た。

「ボタン買うねん、そこまで一緒に行こ」

彼女はちょっと息を切らしていい、二人で玄関を出た。

いつの頃から、響子との間で、神の問題について話し合っていたのか、明確な記憶はない。

しかしこの頃、すでにかなりつっこんだ話をしていたらしい。

「君の信じている神は、本当の神か？」

街路樹が葉をつけはじめた暗い道を歩きながら、私は話の続きのようにそんな妙な聞き方をした。

神についての彼女の無邪気さがいまいましく、なんとかそれをぶちこわしたい、という気持が強く働いていた。偽善者の意識に苦しめられている者の、すがりつくような思いも混ざって

いたと思う。

何も知らない、小さい子供の中には、神は存在すると思う。それと少し意味は違うかもわからんけど、原始人の中にも、神は存在すると思うよ。それから、貧しい人、苦しんでいる人には、神は必要やろね。そんな神と、同じなのか、違ってるのか……つまり、君の信じている神……。聖書と讃美歌を手にして歩きながら、私はくどくどといった。三位一体の神などといわれたら、私は激しく反論するつもりだった。神について手がかりのつかめない私の、もっとも素朴な疑問がそういうことだったのだから。つまり素朴に神を信じるということが、素朴にわからなかったのだ。

教会で大きくなった響子は、素朴に神を信じていると思っていた。が、彼女の答は、意外だった。

「それは私にとって、恐ろしい質問ね」

彼女はそういって、やっぱりこぶしを嚙みはじめた。彼女は前半の「君の信じているのは、本当の神か」という言葉に、強くこだわった様子だ。

この夜を境にして、響子はしだいに変わっていった。彼女は逃げようとはしなかった。六月、七月と、その時々の言葉は最早思い出せないが、私の言葉に彼女はよく耳を傾けた。支離滅裂な私の言葉に。

私の無責任な言葉を……いや無責任とはいえないかもしれない。私にしても教会へ来る根拠を捜すのに必死だったのだから。信じられないまでも、神を知る必要がある。それも絶対的な神を。ぶっつける相手としては、響子しか考えられなかった。そうして、彼女は私に責任を感じている風だった。私の言葉をまともに受け止めた分だけ、響子は傷を負った。

これが彼女の様子に現われはじめるまでに、それほどの時間はかからなかったように思う。男よりも女の方が外観の変化は激しかった。気が強くて小生意気な女の子から、身のまわりをあまりかまわない、お喋りをしない、何か心にかげりを持っている様子の女性に、響子はしだいに変身していった。おしゃれなプリンセスが、やぼったい田舎娘になったような変わり方だった。

ＫＫＳの集会の時、なにげなく目を上げて私を見た彼女の目はひどく熱っぽかった。何事かを真剣に思いつめている風であった。そうして私たちはもうあまり喋らなくなっていた。話せば、私は手をゆるめるということはなかったと思う。響子は何を考えているのか？………。

私の言葉に追いつめられ、自分が牧師の娘であることのがんじがらめに、彼女は直面したのではないだろうか。教会に育ち、ミッションスクールに学び、牧師の父と兄の下で大きくなった響子には、神を信じない、という自由はなかったのだから。これまで彼女の前で、まともに私のように根本的な疑問を提起した人間はいなかったのだろう。彼女の目の前に、現に自分が偽善者だという強迫観念で身動きのならなくなっている男がいる。その男のぶしつけで、やけっぱちな言葉が、つぶてのように彼女を打った。

「無神論者も、それはやっぱり裏返しの信仰でしょ」

「ぼくもそう思うよ、だけど、やっぱりそれはどっか違うな……」

こんな言葉をぽつんぽつんと交わした。彼女は何かを納得したがっていた。

音楽や小説のことは、二人の中心的な話題だった。驚いたことには、例えば私の好きな芥川龍之介は、彼女は読むことを禁じられていた。……私が影響を受けた『西方の人』。

「よくそれで、我慢できるね」

私はそんなことがありうるということ、彼女がそれに従っているということが、信じられない気持だった。

こういう環境の中で育った響子は、ひょっとしたら、神の存在しない世界があるということを、実感としては知っていなかったのではないか、とある時私は思った。それらはすべて無神論者の世界、という理解だったのではないか。

響子の人格は、勝気さは、自信は、教会を中心とした無菌の世界の中で、組み立てられてきて、現に組み立てられている、ということであったかもしれない。今から考えてみれば、私の言葉のいくつかは大変に残酷なものであって、彼女はその時恐ろしい世界を知らされることになったのではないだろうか。

彼女は、塔の下のその部屋で祈った。細い小さなふるえ声で、……天の、お父さま……耳を赤くして祈っている彼女の声が、今も私の耳にある。

私は小部屋の窓を開けた。教会の窓はすべて外開きの窓であったのを思い出した。自動車の疾走するひびきが部屋を満たす。深夜にかかわらず、国道を走る車は多い。昼間は相当うるさいだろう。あの当時、車はこんなに多くはなかった。私は窓枠に腰をおろす。あの頃と同じく、手の届くところにヒマラヤシーダーの枝があった。

5

教会の玄関の木製の大きな扉を、いっぱいに開いた。

目の前一面に白いもやがかかっていて、私は一瞬たじろいだ。ぼうぼうとした本物の過去が、玄関の扉の向こうにあったような錯覚におちいった。ここでも長年の建築技術者としての知識が、すぐに錯覚を修正してしまった。国道の光を受けている工事用のシートが、白く光って、視界を完全におおっていたのだ。

しかし、あわく光った、一面の白いもやの世界は、私に過去を受け入れやすくした。街路にいっぱいに開いた教会の玄関、この玄関はいつも開いていた。だがこの玄関を入るには勇気がいる。ここには響子がいたが、神も同時に存在していた。

いつの頃からか、私はそれと知らずに、響子を愛しはじめていた。愛しはじめた分だけ、私の精神は純粋になりはじめていたというべきだろう。愛を意識しはじめる心の中に、鏡が姿を見せはじめた。それまで私は鏡を持ったことがなかった。今、精神が純粋になればなるほど、鏡の表面は澄み渡って、あらゆるものを映しはじめた。

お前はいったい教会へ何をしに来ているのだ。お前はここへ神を捜しに来たのではなく、女を捜しに来たのではないか。〈お前の目的は神ではなく、彼女ではないか〉という言葉が、日記に何度もなぐり書きされた。

澄みきった鏡は、あらゆるものを映して、私を断罪した。お前は偽善者だ――と。

知らずに、この頃、私は一番神に近づいていたらしい。神を知りはじめていたらしかった。

春から夏へ、長いトンネルのような、偽善者の意識に痛めつけられていた日夜、私のそばに響子がいた。愛し方の知らない、悩み方を知らない、高校生の頃の初めての体験を、私が押しつけたものであれ、彼女と共にすることによって、投げ出さずに通り抜けることができた。この間、私は一度も教会を休んではいない。

夏、大阪教区のＫＫＳの修養会が、南紀州の海辺の教会で開催された。花園教会からは、三年生では響子と私、二年生では野々宮と高木さんが参加した。

二泊三日のこの集会のことを、「君は南国のバラ」という題で作品にした。ただしこれは未完成、未発表である。今も多分、押入れの中の、どれかのダンボール箱に眠っているはずだ。

明日、といってももう今日だが、今日の土曜日、私は会社を休むつもりでいる。家に帰って一眠りして、押入れの中をごそごそ探すだろう。書き散らした原稿や日記の下敷きになったその作品を、すでに変色した原稿用紙の中の、三十年近い前の自分と出合うだろう。しかし果して出合えるかどうか。

「君は南国のバラ」を書きはじめたのは、大学一年の初秋からであったはずだ。多分九月の下旬頃から。

二十七年前の――その頃、私の初恋は事実上終わりを告げていた。夏休みが終わって、私は再び東京に帰り、響子に手紙を書いた。その返事が来ないまま下宿での日を過し、自分の気持を整理する意味もあって、それよりほぼ一年前の高校三年の夏、南紀での数日から筆を起こしはじめた。

今でも憶えている。武蔵野の煙草屋の二階の下宿。庭には大きな欅《けやき》の木があって、秋には高い枝からいっぱいの落葉を降らした。狭い庭は枯葉でうずたかくなるほどだった。窓から、書いている私の机にも木の葉が舞い降りてきて、感傷を誘った。

ほとんど大学へ出ずに、私はその作品に没頭した。一日目の分で百枚以上書いたはずである。南紀へ来るまでの、偽善者の意識に塗りつぶされた日々の回想が中心だったと思う。本当は、あの夏の太陽に照りつけられた、海辺での若者たちの合宿を書きたかったのだ。それによって、うじうじした失恋の？　多分失恋であったのだろう……その痛みを忘れたかったのだ。ところが書き出してみると、それは同じうじうじした偽善者の記憶ばかりになった。

一ヵ月半ほどで、私は投げ出してしまったようだ。ただ今度書く時のためにと、二日目三日目は、数十枚のデッサン程度は書いておいたはずだ。……このあたりが、私の文学の出発である。

今、破壊されはじめたこの教会に現に居て、三十年近く前の南紀の海岸での数日を、記憶の底から捜し出してくるのはむつかしい。二十八年前のたった三日のことだから。しかし私の書いたものの記憶から、それを捜してくることはできるかもしれない。

教会の玄関の扉の外側に、一面にかかっている白いもやの原稿用紙に、二十七年前に武蔵野の煙草屋の二階の下宿で、青っぽい情熱を燃やして机に向かっていたように、その数日を再び書いてみよう。

——南紀での、響子の印象は鮮やかであった。

それまでの数ヵ月、共に暗い穴の中に居たような日々から、一気に南国での太陽の下へ、髪をカールし、胸に黒いリボンのある華やかな白い服を身に着け、再びプリンセスへと、響子は鮮やかな変身をとげた。

彼女は大阪教区のＫＫＳの役員をしていて、集会の中心人物でもあり、いつも微笑して運営にあたり、大輪のバラのように振舞った。そういう響子に憧れる男性が多く、私は初めて嫉妬という感情に苦しめられた。

私は、恋という感情は、なかなかそれとは知りえなかった。しかし嫉妬は、皮肉なことに、すぐにずかずかと私の心に土足で踏み込んできて、名前を聞くまでもなく判った。そういう状態になって、いやおうなく恋を知る、が嫉妬が去ってしまうと再び恋を失ってしまうという、やっかいなたちだった。

いずれにしろ南国の太陽と海はあまりにもまぶしかった。響子も私も、相手を意識しながら、自分のことにせいいっぱいだった。大人への変身をとげるのに、せいいっぱいの日々だったように思う。


白いもやの向こうから、響子が手を上げて、私を呼んでいる。

「しらかわさん、ここ……」

人ごみの中だ。天王寺駅の構内、まだ勤め人でごったがえす、朝の八時半頃。阪和線の改札口の外れに、一群れの夏服の高校生たちが、足元に荷物を置いて、おもいおもいの姿勢で立っていた。

人ごみを分けて、私は響子の方へ寄って行った。

「お早よう」

彼女はそんな挨拶をして、えくぼをつくってちょっと顔を傾けて笑った。それから、彼女の近くに立っているミッション・スクールの同級生らしい数人の友達に、

「あたしの教会の白河静雄さん」

といって紹介した。私は彼女らにちょっと頭を下げたきりだ。

そうしておいて、響子は私がそばにいるのも忘れたように、再び彼女らと喋りはじめた。私は、純白のえらく華やかな白バラのような服を着た、しきりにものをいっている彼女の横顔を、

近くに立って眺めていた。

教会でも、彼女は自分の近くに私を置きたがった。教会の中では、いつまで経っても教会の仕組みに慣れない私が、おいてけぼりをくったり、どんなへまをしでかすかわからない、という心配が彼女にあったせいもあるだろう。私をそばに置いておいて、彼女は誰かとお喋りをしたり、他の人と軽口をたたいたり、赤ん坊をあやしたりした。

ここに集っている高校生たちに、当然知った顔はなく、私は積極的に話しかけようとする意志もないから、ぼんやり改札の柱にもたれ、つながれた馬のように立っているしかなかった。

九時発の急行は、乗り込むのが遅かったせいもあって、かなりこんでいて席がほとんど埋っていた。私はぼやぼやしていて席がなく、先に入った響子が呼びに来た。通路側の席が向かい合わせに彼女の荷物が置いてあった。彼女の荷物と私の荷物を網棚に上げて、二人は落ちついた。

列車は明るい和泉平野の、夏の陽が照りつける玉ねぎ畑の中を走りはじめていた。窓から風が吹き込み、踏み切りのチンチン鳴る音も入ってきた。当時南紀海岸の南部まで四時間ぐらいかかったと思う。和歌山までは一時間、そこから蒸気機関車に連絡され、煙を吐いてのどかに走った。

海南あたりから、右手に底抜けに明るい青々とした海が見えてくる。潮風がどっと車内を満した。

「あっ……船」

響子が声を上げた。海原を白い客船が湾へ向かってゆっくり進んでいた。満員の人々でざわめいている汽車は、ゆるぎ走りながら崖っぷちのトンネルに入って行った。そこを抜けると、白い雲を浮かべた真青な空の下に、青い果てしない太平洋が広がっていて、白く砕ける波打ち際が、線路に沿ってカーブしながら続いている。煙を吐きながら機関車は、崖沿いの道を、いくつもの身をくねらせた青黒い客車を引っ張っていく。

「あたし、第五分団の司会当てられてんねん、心配やわ」

響子はそういって網棚の方を見上げた。

私は彼女の大きなボストンバッグを降ろし、自分のも降ろして、プログラムを取り出した。第一分団から第五分団まで、それぞれ十人ぐらいのグループに分かれ、分団討議というのが何回か組まれていた。私は確か第一分団であった。

「その時になったら、なんとかなるよ」

などと、私は無責任なことをいった。

「これを読んで、救われたような気持になった」

「どうして？……なんで、ねえ」

彼女は追求してきたが、私は答えられなかった。

狭い座席に膝が触れ合いながら、そこにプログラムを広げたまま、私たちは旅の話をし合った。私の祖父は戦後北海道に渡って、人を使ってそこで農場を営んでいた。中学三年の時、ひと夏を祖父のいる網走で過した。私はその時の話をさかんにした。

オホーツクの海、鯨の解体……

「あそこのアイスクリームはうまいよ、本物のミルクで作ってあるからね」

「大沼公園から見る、夕方のエゾ富士はものすごくきれいやわ」

彼女も負けてはいなかった。彼女もその頃、父と北海道を旅行したらしかった。

日高川を渡るあたりで弁当を開げた。彼女は自分で作ったというサンドイッチだった。私の弁当はちょっと贅沢な焼肉だったという記憶がある。

「もう食べられへん、……食べる？」

彼女はそういって、まだかなり残っている包みを見せた。私の方もずいぶん大きな弁当箱で、腹いっぱいだった。

「ええわ、残しとき」

響子はやけっぱちのようにちょっと笑って、ごそごそと片付けた。

南紀の小さな駅に、一団の高校生を降ろして、汽車は煙を上げながら山裾に消えて行った。

プラットホームも、木造の小さな駅舎も、ヒマワリの咲いている狭い駅前広場も、陽炎《かげろう》が立って燃えているようだった。

そこは南国だった。陽ざしの強さや、潮の香の匂う風、底抜けに明るい空や、透明な空気、すぐそこに太平洋が寄せている。私はひどく感動していた。南国という言葉のもつひびきが、その明るい空気にぴったりに思えた。私はたちまちここが気に入ってしまった。

そこから海辺の会場まで歩くことになった。私は響子の大きな荷物を持ち、彼女は私の小さな荷物を持った。響子は女友達とキャアキャアいって歩き、その後を私は一人ぼそぼそと歩いた。ぼそぼそ歩きながら、私は満ち足りていた。

五十人ほどの白い夏服の男女高校生たちは、ぎらぎら照りつける南国の太陽の下、一本の白い長い紐になって、麦畑の中を横切って行った。


南部《ミナベ》教会は町はずれの、山が海に迫ってきているあたりの松林の手前にあって、海に面した高台になっている、海岸の広いテラスの上に建っていた。

ハマユウの咲き乱れる砂地のテラスで、会場の準備ができるまで、私たちは待つことになった。防波堤と畑の間の広場には、かなり広いパーゴラがあって、その下には砂に打ち込んだ杭の上に板を渡して、テーブルと椅子が作ってあり、五十人ぐらいは充分座れるようになっていた。

私は荷物をテーブルの上に投げ出すと、テラスのはしの防波堤に腰かけ、足を海辺の方に垂らして、身体いっぱいに潮風を受けた。飛び降りられないほど下の方に、砂浜があった。透明な波がゆっくりと寄せている。右手は防波堤がずうっと湾曲していて、漁港につながっている。左に行くにしたがって砂浜は高くなり、松林のあたりでは、防波堤はなくなっていた。

正面にぽっかり小島が浮いている。左手、海に迫っている山の続きは、いたるところ白い波に縁取られた岩礁になっていた。水平線から立ち昇る白い雲の下、きらきら光る波の中を、島の右側にも左側にも、漁船が見え、ゆっくりと動いていた。

私は足をぶらぶらさせた。私は海辺の育ちだが、それは堺の海だった。しかしこれは黒潮の太平洋だ。荒々しい紀州の海だ。海原を渡ってくる風の心地好さ。照りつける太陽もそれほど気にならなかった。いつまでもこうしていたかった。

私が一人で悦にいっている背後で、パーゴラの下、思い思いの恰好《かっこう》で休憩して、話の輪が出来ていた。一番大きな輪の中心に、響子がいた。この集会の中心メンバーらしい男性たちや、数人の女性をまじえ、立ったり腰かけたりして、にぎやかに喋っている。響子の前にいるスポーツマンらしい身体つきの顔の大きな男が、しきりに話しかけている。彼女はにこにこして聞き、なにやらいい返したりしている。どっと笑いが起こった。

私はしだいにそれが気になりだした。目の前の海のきらめきから、意識は背後に向かいはじめた。圧倒的な海の広がりが、しだいに意識から遠ざかり、背後の小さな一点に私は引きつけられていった。ここにいる満足感が消えて行き、しだいにいたたまれなくなった。

思い切って立ち上がり、パーゴラの下へ行くのではなく、防波堤の上を、彼女たちの声から遠ざかるために、右の方へ、漁港の方へ歩いていった。しばらく行くと、川が海に流れ込んでいて、残念ながら堤防は行き止まりになっていた。

シュロが何本か生えていて、蟬がうるさく鳴いている。そこにしばらく座っていたが、そんなことをしていてもしかたなかった。私は再び堤防に登り、教会の方に帰ってきた。そうして元のところに腰を下ろす。もう太平洋は目に入らない。

パーゴラの外に一人取り残され、今まで一諸だった響子を、私は遠くから眺めているしかなかった。彼女を中心とした、そんな輪の中へ入っていく勇気はなかった。入っていったところで、何も話すことはなかった。響子は遠い存在だった。

私たちの教会の野々宮君が、大阪教区ＫＫＳの委員長で、響子が書記だった。後でわかったことだが、彼女にしきりに話しかけ、その後いつも彼女のまわりにいた男は、馬場不二雄といって、教区の副委員長をしていた。どういう因縁か、私の属する第一分団の司会者でもあった。彼女の前で、なんの真似か、その馬場がちょっとおどけた恰好をした。テーブルにもたれてにこにこしていた響子が、その様子を適切な言葉で評したらしい。再びどっとした笑いが広がった。今では相当大きな輪になっている。

高校生たちのちょっとおしゃれな男たちは、夏、上は同じ白い半袖だが、下は紺のズボンをはいた。まさに彼がそうだった。黒ではなく、紺のズボンが似合うスマートさだった。気軽に、女の子とすぐに打ちとけて軽い冗談が飛ばせる、女の子を笑わせ、楽しませることのできる、そんな素晴らしい特技を持った男だった。私はとてもかないっこなかった。

早くここを離れて部屋に入りたいな、……じりじりした嫉妬に身を焼きながら、なすすべもなく、熱い防波堤にじっと腰かけ、私は身を固くして皆んなから背を向けた。彼女のまわりにいる男たちに嫉妬しているのではない。そういう男女の集まりの、筋書きのない、くだけたやりとりの雰囲気に、嫉妬していた。

響子は、私といる時は、あんな風に楽しまなかった。いきいきとして、冗談をいい合って、楽しそうに笑ったことがない。彼女の本領はやはりこういうところにあったのだ。こういうところで、生彩を発揮するのだ。今ようやくわかった。わかってみても、私にはそういう芸当はできない。この違いを知って、私はいてもたってもいられない暗い気持になった。

こんなところへ来るのではなかった。準備ができ、部屋へ荷物を運びながら、私は後悔した。……ここは私などの来るべきところではない。ここは馬場や響子たちのような高校生男女の社交場だ。この先どうなるのだろう……。だけど、響子は素晴らしい。白い華やかな夏服の、大輪のバラのような、魅力的な女性だ。プリンセス……いやクイーンだ。この集会の女王だ。

後で思ったのだが、これは響子にとっても意外であったのではないだろうか。集団の中で、これだけ光彩を放つということが。女として、多くの男たちの関心を引きつけるということがしかも彼女は少しもでしゃばらなかった。私に強烈に批判されたことが、響子を、思慮深い女性に変えていた。だから、私の思いはつのる一方だった。

中国の壁新聞を真似て、その日から集会の間中、廊下に何枚もの紙が貼られていて、誰が書いてもいいことになっていた。壁新聞の相当のスペースが、響子のことで埋っていった。甲田さんが、甲田響子さんが、こういった、なになにをした、話しかけてくれた、笑った、というような記事だ。

とにかくその三日間、響子はまったく落ち着いていて、ものおじをせず、華やかで女らしい、男たちの憧れの中心であり続けた。欲目でなく、まったく非の打ちどころがなかった。この集会は、彼女にとっても貴重な体験であったと思う。

――広い板の間にゴザを敷いて、そこにじかに座りながら、第一回の講演会が開かれた。普段の礼拝でも、この教会はそういう形で行われているのだろうか。漁師の人たちは床に座る方が落ち着くかもしれない。しかし先程、長い間待たされたのは、机や椅子を運び出していたからではないかと思う。海と反対側に庭があって、その方の戸は全部とっぱらわれていた。ゴザを敷いた広い板の間は、だから風通しがよかった。蝉の声が真上から降ってくるだだっ広い部屋で、五十人の高校生たちは、静かに座って聞いた。

正面に演壇があり、その横に大きな瓶が置かれ、バラやカスミ草や、雑多な夏の花が、あふれるばかりに生けてあった。この教会の人々の心づくしだと思うが、私は少しばかり気が晴れた。

講師は、まだ若い魅力的な大学の先生で、背後の壁に「愛によって生きる信仰」というこの集会のテーマが貼られていて、それを主題にした講演だった。

内容は思い出せないが、私はかなりの感銘を受けた。これが二日目の分団討議で、火がつくことになる。

この後、各グループに分かれて、自己紹介があり、第一回の分団討議となった。こちらの方は学校の文芸部で鍛えられていて、私はようやく生彩を取り戻した。

各グループにＯＢの大学生が配されていて、助言者の役割になっていた。自己紹介があったにもかかわらず、私は助言者の大学生に間違えられていた。司会の馬場はもとより、ＯＢの大学生さえそう思っていたということで、グループ討議はすっかり私のペースで進行した。

つまり翌日の、大学の先生との、私にとっての画期的な対話の下地が、形成されていったということか。


午後五時半。二階の女子の控え室から、浴衣に着がえた響子が降りてきた。それはまるであじさいの花のような感じだった。

階段の下で彼女と出会い、彼女は笑いかけたが、私は首をひねった。第一回目の炊事当番は第一分団であって、教会の裏の厨房から、パーゴラの下へ料理を運んでいる最中であった。

講演会の頃は違う服を着ていたから、（讃美歌の時彼女はオルガンを奏《ひ》いたので、私はよく見ていた）これで今日三回目だ。私の運んできたあの大きなボストンバッグは、きっと着替えの服でふくれ上がっていたのだ。着せ替え人形でもあるまいし、……私はやきもちもあって、そんなことをぼやいた。打ち合せがあるからと、炊事当番の指揮を私にまかせて消えてしまった馬場も、気に入らなかった。

パーゴラの下で、早い夕食が始まった。八月の初旬の三日間、空はあくまでも晴れ渡っていて、ずっとここが食堂になった。わいわいがやがやと、海岸のテラスに一大騒音源ができたようなものだ。

食事の後、合唱になった。この後も高校生たちはよく歌を唄った。帰りの列車などは一車両歌声列車になってしまった。私はこの集会でたくさんの歌を憶えた。集会のプログラムの後の方に、いくつもの歌詞が刷ってあり、次から次へと唄われた。響子らの一団は、教会の合唱隊で鍛えられていて、本格的な声を出した。そこがリーダー役になって、みんなを引っ張っていった。

〈……オ、ブレンネリ、あなたの心はどこ……わたしの心は、山の彼方、呼んでもとどかぬ雲の上……〉

あじさいの花の、ひときわ鮮やかな響子が、唄いながら私に目で笑って、顔を傾けた。なんだか私は、そんな余裕しゃくしゃくの彼女に、ばかにされているような気分になった。私も同じように顔を傾けて笑ってやった。

海原の向こうの方が、夕陽に光りはじめた。小島と岬の間の海に、夏の大きな太陽が傾き、水平線からきらきら輝く一筋の光が、パーゴラに達している。顔の一方を赤くし、若さの熱気でむんむんさせながら、輪唱になったり、二部合唱になったりして、私たちの歌声はいよいよ高くなった。

——夏の海辺に夜が訪れた。海の上に満天の星がまたたきはじめる。普段なら静かなこの海岸も今夜は違っていた。温泉町のようなざわめきが、一軒屋の古い木造の教会を中心に広がっている。

自由時間を利用して打ち合せが行われ、夜はアトラクションの時間となった。海辺の臨時の映画館のような、そこだけ明るい会場へ、浜辺を散策していた人たちはぞくぞくと集まってきた。舞台だけ明るくし、客席を暗くして、田舎芝居の小屋のようにゴザに思い思いに座って見物した。

それぞれ分団ごとの出し物が披露された。独唱や合唱、手品や漫才、コントや劇があったりしたが、いずれにしてもにわか作りで、たいしたものはなかった。響子は最初、他の何人かと菓子やお茶をくばっていたが、それが一段落すると、柱の陰に座って舞台を見物した。今度気がつくと、その横に馬場が座っている。私は再び熱くなった。二人はひそひそと、話をしながら舞台を見ていた。

私たちの出し物は十三本立映画というのであって、私にもいろいろ出番があった。熱くなっているせいかどうか、かつてのクリスマスの劇のように、私は上がるということを忘れてしまっていた。しかも全てアドリブであったから、これも幸いした。とにかく何を喋るか、必死で考えなければならない。

その中に愛の告白の場面があった。なぜあんな大胆なことをしたのかわからない。ほとんどやけっぱちになっていた。

私は舞台の中央に出て、立っている女の子の前にハンカチを開げ、やおら片膝をつき、両手を開げて、大時代な演技をした。

「おお、あなたは私の太陽です」

私は終始、落ち着いていた。落ち着いていることに満足していた。

一瞬息を飲まれた形の客席から、野次と拍手が起こった。相手方の女の子は、顔を真赤にして、舞台の袖に逃げ帰った。そちらの方角の柱の陰から、黒い目が、そんな人が変わったような私の演技の一部始終を、ピエロの演技を、響子がじっと見つめていた。私はハンカチをポケットにしまい、そんな彼女の黒い目を無視するように、拍手の中をゆうゆうと引きあげた。

この言葉は、翌日の壁新聞にさっそく出ていた。〈甲田響子さん、あなたは私の太陽です〉しかもイニシャルのサイン入りだ。どういう神経をしているのだろう。

修養会の後、ファンのように私に数通の手紙が来たが、この時の相手役の女の子からも来た。多分響子の方には、もっと多くの交際の申し込みの手紙が来たことだろう。私は返事を書かなかった。書きたくなるような魅力的な女の子がいなかったことも確かだが、響子しか目に入らなかったことも事実だ。

ある意味でこの集会の間中、私は響子と真剣勝負をしているようなものだった。

アトラクションの後、みんなが寝る準備のため、押入れから布団を運び出したりしている時、翌日の打ち合せなどと称して、役員たち、響子と馬場は、手をたずさえるようにして、教会の二階への階段を上って行った。

私は暗い砂浜に出た。高木さんが、そんな私に寄って来たが、私は堤防の上を、

「暗いから、危いよ」

という彼女の声を聞き流し、酔っぱらいのように、ふらふらと歩いていった。

飛び降りられるような高さにくると、私は身をひるがえして暗い砂浜に舞い降り、裸足で、砂に足を取られながら、泣きたいような気持で駆けた。

足がもつれてがばと身を伏せ、役員でない私の入り込めない教会の二階の響子や馬場たちが談笑している窓のあかりを見上げ、やりきれない気持になった。響子と一緒に居られないのだ……。

腹ばいになったまま、熱い砂を胸にかき抱き、歯を噛みしめて、何度も砂に額を打ちつけた。

6

二日目の早朝、私は一人海岸に出た。風はすっかり凪《な》いでいて、波打ち際に、すきとおった海水が、ゆっくりと押し寄せ、ゆっくりと引いていっている。濡れた砂の上を、素足で、足元を見ながら楽しむように歩いていて、私は前方に人影を見とめた。

響子が砂に腰かけて、スケッチブックを広げていた。そこが丘のようになっていたので、近

くへ来るまで互いに気がつかなかった。彼女はスケッチブックを胸に隠し、私の顔を見た。そうして、

「その顔……、まあ、この子は」

といって、けたたましく笑った。

寝ている間に、墨汁で顔にいたずら書きをされていたらしい。私はあわてて波打ち際に戻ると、海水でごしごしと顔を洗った。まったく、たいした目覚めだった。彼女の絵は、とうとう見ずじまいである。

しばらくして、砂浜でラジオ体操が始まった。馬場がかけ声をかけ、指導をしている。まったくこういうことには打ってつけの男だった。男も女も先生も、馬場を中心に円陣になって、せっせと身体を屈伸させた。後ろの松林で、蝉がやかましく鳴きはじめ、合宿二日目の始まりであった。

朝食のあと、第二回目の分団討議となった。私たちは松林の木陰で、車座になって好きな場所に腰かけた。自由時間も食いつぶして、後では人数も倍になっていた。この午前中いっぱいの討議の内容については、後で可能な限り思い出してみたいと思う。

昼食後、待ちに待った海水浴の時間がやってきた。水泳パンツをはいて、私は真っ先に飛びだした。このために、ここへ来たようなものだ。

……渚で、準備体操をしている私の間近に、いつのまにか響子が来ていた。

太陽のふりそそぐ、昼下りの波の静かな渚に、海水着の響子がすっくと立った。彼女は自分の絵は隠したけれども、自分の身体は晒《さら》した。そして、私の目ではなく、じっと身体を見ていた。だから言葉をかけそびれてしまった。

私は息がつまった。彼女の方も胸で大きく息をしていた。肩と乳房がゆっくり動いている。私はそれまで、女の身体というものを意識したことはなかった。女は顔であり、目であり、せいぜいスタイルで存在していた。それが今、ひどくまぶしいものとして、好ましい形で、目の前に出現していた。とがった乳房の大人の女の身体として、白い肌を持ったふくらみとして、息づいている。今まで知っていた響子とは違う、あるものだった。彼女は身体で存在していた。身体で自己主張していた。胸であり、腰であり、太股であって、圧倒的に存在していた。

彼女の方もそうだったのかもしれない。間近にある裸の男の身体は、彼女の知っていた、それまでの私ではなかったかもしれない。彼女の目は、好奇心に輝いていた。そうだ、彼女はもともと好奇心の強い女だった。

私たちは無言で、互いの身体を見つめ合って、立っていた。互いの身体の違いを、隅々まで、……。これは偶然ではないかもしれない。響子はそうするために、そこにいた。私と対決するために。

気圧されて、声が出なかった。どれくらいの時間、そうしていたのかわからない。やがて砂浜の上の方から、人々の声がしてきて、はじめて響子の瞳は揺れた。

ひと言も言葉を交わさず、彼女はゆっくりと身をひるがえし、人々の方へ、砂原を駆け上って行った。私も、波打ち際を駆け、ざんぶと海に飛び込むと、クロールで、入道雲の立っている沖に向かって、どこまでも突き進んだ。

小島は、沖合い二キロぐらいのところにあった。その島の入江がきれいな遠浅になっているらしかった。先生を含めた全員、大型漁船二艘に分乗して出発することになった。

船が漁港から回送される待ち時間の中で、泳ぎに自信のある者は、次々と浜辺から泳ぎだした。幼い頃から堺の海で育った私は、遠泳なら自信がある。二キロぐらいなら、充分に泳ぎ切る自信があった。

途中、女の子の喚声に満された漁船に追い抜かれて行き、その中に馬場の顔もあった。下町育ちの彼は泳ぎには自信がなかったのだろう。船に助けられず、何人泳ぎ切ったか知らないが、私は先頭集団を泳いでいて、何番目かに島に辿り着いた。

大きな岩の上に、野々宮や馬場が腰かけていて、私はその岩によじ登った。

「よう泳ぐな、あきれるわ」

これも町育ちの野々宮がいい、

「漁師の子やからね」

と私は応じた。

しばらく休んで、私は再び岩から飛び込み、いったん沖に出て、そこから浅瀬でぴちゃぴちゃやっている響子たちの方へ、ゆっくりと泳ぎ寄って行った。

少し深いところに立っている私の方に、響子は水をかきわけるようにしてやって来た。その時、一諸にいた女の子たちが、いっせいに私の方に目を上げた。その目の中に、憧れの色があって、私をすっかりいい気持にさせた。

「響子ちゃんは、よう泳がんかったんか」

「よう泳がんかってん」

「教えたらなあかんな」

「教えてもらわなあかんわ」

彼女はそういって顔を輝かすと、私の前で泳いでみせた。彼女の勝気さにもかかわらず、たちまち沈んでしまった。

響子は濡れた猫のように、顔を振って立ち上がり、

「あかんやろ」

といって、髪の毛をかき上げ、なさけなそうな顔をした。

濡れた彼女の身体を見ていると、私は急に恥ずかしくなってきた。ややして、私は沖へ向かって逃げることにした。あれは、俺の手におえる代物ではない、とつぶやきながら……。

この修養会で、関西学院大学の城崎先生という人と出会った。数年前、同じ大学卒業の会社の人間と、この先生の話をしたから、大学も先生の名前も間違いはない。

一日目に彼の講演があり、私はすっかりとりこになってしまった。理屈抜きの信仰は私には無縁だが、論理から入って神に至る道は、柔かい若い頭脳を刺激した。彼の講演の中で、聞きたいこと、いいたいことがいっぱいあった。あいだじゅう頭の中は泡立ち、ざわめき立った。彼なら、私の悩みを理解し、解決の糸口を見つけ出してくれそうだった。

二日目の午前中いっぱい、私は餌にかかった魚のように、城崎先生に食いついた。まだ若い大学の先生は、蟬の鳴く林の木陰に腰を下ろして、私との対話を楽しんでいるようだった。しかし討議そのものは、第一分団の連中を巻き込んで、かなり深刻なものになった。

……人間にはあらゆることが許されていることを、そしてこの世にはいかなることでも起こり得ることを、いろんな例を挙げて力説した。なにをするのも自由であって、どんなことでも人間が出来るということは、神が存在しないからである。この世に起こることは、どこまでという限度はない、無限にいかなることでも起こり得るということは、つまり神が不在であるからだ。

「例えば、漂流しているボートに、二人の人間が乗っています」

と私はいった。

……大洋のまっただ中で、もう食べるものはなく、死は目前に迫っている。二人とも死ぬか、どちらかがどちらかを殺して、その肉を食べ、更に幾日か生きのびるしかない。そしてこの時、人間にとってどの選択も可能だ。あるいは、飢えがすべてを決定するかもしれない。果してこんなところに、神は存在しうるのか。存在しえたとして、神はどういう決定をするのだ。飢えこそが神ではないか。

生存……つまり生きることだけが、あらゆる意味で正だ。死は生きることの一部でしかない。要は生きることしかない。そのためには、人間はぎりぎりになれば、人を殺し、子供を殺し、愛を殺す。先生の「愛によって生きる信仰」は、生存のこの本能の前では無力だ。

ひょっとしたら、人間の中に悪魔は存在するかもしれない。人が人を殺し、あるいは皆殺しにする。私は原爆の話をした。人間の悪魔性を強調し、神の不在をうったえた。

しかし……そうすればするほど、これは、城崎先生の主張を裏付ける結果になっていった。そのためにこそ、キリストが存在するというのである。正直いって、このキリストというのは、私には不意打ちであった。この男の存在の意味を、私は深くは考えていなかった。

先生は、あらゆる悪、あらゆる矛盾があるために、神が存在する、というのだ。キリストは、その矛盾の、しいていえば不条理の、(その当時、こんな言葉はまだ知らなかったが)象徴なのだ。つまり私が人間の悪魔性、この世のあらゆる悪を強調すればするほど、それは神の存在を強調していることに、話の展開はなっていった。

人が人を殺す不条理のまっただ中にキリストがいて、キリストを通じて、私たちは罪を知ることができる。悪を知ることは、すなわち神を知ることである。

「人々はなにによって、悪を知ることができるのか……それは神によってです」

と先生はいい、続けて、

「だから祈りがあるのです」

とこの言葉を、何度も繰り返した。

罪を自覚することは、それは神における救いを要求することである。これが祈りである。許しを乞い願う祈りである。

先生との対話において、幸か不幸か、私はこういう理解をした。偽善者の意識に閉じ込められていた、この数ヵ月の暗雲をとりはらうには、この理解は充分だった。私はその矛盾の中に身を置いてきて、自意識と行為者の間に引き裂かれていたのだ。引き裂かれることにより、キリストの不条理に近づきはじめていたのだった。雲が去り、青空がぐんぐん広がるのを、私は感じることができた。

城崎先生の論理は一貫して弁証法であったようだ。それもキェルケゴール流の、実存的な弁証法であったようだ。少なくとも私はそういう受け取り方をした。キェルケゴールを読んでいて、しかもまだ実存という言葉に触れていなかった私は、この新鮮な論理の中へ、ずんずんはまり込んでいった。そうしてキリストの存在の意味を知った。もしくは知ったと思った。

……泳ぎから帰ってきて、

「ここが風呂場か」

「そうと違いますか」

と、城崎先生と二人、庭の掘っ立て小屋を覗《のぞ》いた。中に入ると、湯はすでに沸いていた。海に面した突き上げ式の窓を明け、タオルと着替えを持ってきて、入ることにした。

裏の方で鶏の羽音と、コツコツという餌をつつく音が聞こえ、窓の下にケイトウの花が見えたりする。古い林木の天井が、夕陽に光る海の反映を受けている。

舟のような木のおおきな浴槽、二人でゆったり湯の中で足を伸ばし、私は知りたいことをあれこれと、再び先生に問いかけていた。くつろいだ時には、くつろいだ返事が返ってきて、私は楽しかった。

風呂から上がって、洗面所で水着を洗っている響子と顔を合わせた時、

「あんた、城崎先生の尻ばっかり、追いかけまわしているやんか」

と皮肉っぽくいわれた。

この後の食事も、私は先生と並んでした。泳ぎ廻ったせいで私は腹がぺこぺこだった。イワシ二匹がおかずの粗末な夕食だったが、先生の御飯も半分いただいてしまった。そうして、食事の間も、知りたいことを貪欲に聞いていた。響子にいわれても、仕方のない状態だった。

この間中、昨日の夜あれだけ嫉妬した馬場の姿も、響子の姿でさえ、私の心には影をとどめてはいなかった。

キェルケゴールによる救いの形式、という言葉が、「君は南国のバラ」の中にあったはずだ。

それを書いていた大学一年の秋、私はまだサルトルの実存哲学に触れてはいなかった。その年が明けた一月、「嘔吐」を読み、それがサルトルとの出合いになり、以後私は実存主義の哲学にのめり込んでいく。だからこの時の意味は、絶望の果てに救いを見出したということであったと思う。私を偽善者たらしめた者、あるいは私を偽善者と知らしめた者、その者に対して、私は祈るしかなかった。これをキェルケゴールによる救いの形式と呼んでいたようだ。

二日目の夜、砂浜に大きなキャンプファイヤーが焚かれた。それをとりかこみ、何重もの輪ができ、男子も女子も先生たちも、砂に腰を下ろして、はじけ煙を上げる焚火を、沈黙して見つめた。

静かに打ち寄せる波の音を聞き、火に赤く顔を染めながら、何人目かに、私は前に進んで立ち、自分が偽善者であることの証しをなした。

その夜遅く、ひと足先に夜行で帰る城崎先生を私たちは駅まで見送った。五、六人の男女、夕方あんなことをいった響子は、先生の横にくっついていた。月明りの麦畑の中の道を、演劇をやっているという女の子と歩きながら、私はなにかしきりに話していた。

城崎先生の乗った汽車が、夜空に白い煙を吐いて去った後、私たちは再びやかましく喋りながら帰路についた。私は先程の女の子と並んで歩き、どういうわけか共稼ぎの話をした。

彼女は演劇の仕事を一生続けるといった。

「じゃ結婚はどうするの？」

私は野暮な質問をした。

「それはするわよ」

演劇で鍛えたせいかどうか知らないが、よく通る太いはっきりした声を、彼女は出した。そのあたりから少し脱線して、共稼ぎの話になった。これからの男性は、料理や育児の勉強をする必要がある等と、きっぱりと彼女はいった。

会場に戻ると、砂地のテラスのパーゴラの椅子に腰かけ、私たちは話を続けた。私たちの話題は当然恋愛や結婚についてであり、そういうテーマになると話はつきなかった。こういう話が苦手なのか、宵っ張りが苦手なのか、馬場は椅子に長くなって寝ていた。

すっかり腰を落ち着けてしまい、誰も部屋に帰って寝ようという者はいなかった。月の光を浴び、単調な波の音を聞きながら、海が白々と明ける頃まで、ハマユウの咲き乱れるテラスで、話し込んでしまった。

三日目、この日も素晴らしい天気であった。早朝、讃美歌の本を持って、私たちは砂浜の丘に腰を下ろした。この時はじめて、響子は私のそばに居た。

〈……まさせ給え、主を愛する。愛をば、愛をば……〉

高校生の男女が好む讃美歌は、愛という言葉の出てくるものが多かった。私たちは唄いながら、時々いねむりをした。こんなおとなしい私の間近にいる彼女を見るのは、久しぶりだった。

二日目まではグループ討議であったが、最終日は全体討議になった。いつのまにか、野々宮、馬場、響子ら役員と並んで、正面の席が与えられるようになり、私は聞き役、答え役に廻った。潮風が吹き抜け、蝉の声の聞こえる広間の正面には、「愛によって生きる信仰」という、墨黒々と書かれた紙が下り、差し変えられたのだろうが、鬼百合やいっぱいの夏花の瓶も、最初の日と同じだ。この海辺の会場との別れが迫っていた。

最後の反省会での響子の司会が素晴らしかったのが、今でも鮮かに記憶に残っている。落ち着いていて、優しく、彼女は万遍なく指名していった。彼らの発言に対して、私たちは時々意見をいった。こんな風に巧みに、そしてにこやかにうながされたら、誰でもそれなりの発言をするだろう、と、私は横で見ていて思った。ユーモアがあって、会場に時々笑いが起こった。

……「君は南国のバラ」の中で、思い出せることは、まだあるかもしれない。

しかし、酒の酔いのすっかり覚めた今、玄関に立っているのに疲れた。この辺で、教会の扉を、再び元のように閉めておこう。

7

ギイッと鳴る、木製の大きな扉を閉めながら、私は思い出した。南紀から帰って後、その夏、この扉を彼女と一緒に、何度か閉めたことがある。

夜の集会は八時頃終わり、人々が帰った後、どちらからともなく二人は残って、暗い広い教会の、そこだけ電灯をつけて、いつ始まっていつ終わるともない問題について、話し込んでしまう。

夏の夜は長かった。

時々若牧師が注意しにやってきたりした。

「もう十時やで」

「はぁ……」

私も響子も、いかにも納得できない顔をする。彼は苦笑して、

「ちゃんと玄関、閉めときや」

といって、牧師館に帰って行った。

二人はやっと腰を上げて、スイッチを切って玄関まで来て、時にはそこでまた話をむしかえしたりした。話のきりがつかないとすっきりしないのだ。

修養会から帰って以後、再び私にとって幸福な日々が甦っていた。彼女と話すことで、私に見えはじめているキリスト者の世界を、明確なものにしたかった。私はどの程度、響子に、私の理解を話したのかわからないが、彼女は私に洗礼をすすめた。

ただこのことについても、はっきりした記憶がない。洗礼を受けるかどうかで、ずいぶん迷ったことは事実だ。だからこのことについて、彼女と話し合ったのは間違いないだろう。

「でも、知的な面から信仰に入る人もいるんやよ」

こういう彼女の言葉は記憶に残っている。洗礼を受けようと思いついたのは、彼女の勧めなのか、私の独自の発想なのか、今ではもうはっきりさせることはできない。弁証法は、あまりにすっきり私の問題を解決し過ぎていた。そのために、むしろこれでいいのだろうかという不安が、色濃く残ってしまった。しかし、この問題を、そのままの形で彼女と話し合ったのかどうか、私はいささか疑問に思う。

この頃、響子がことのほか優しかったのは記憶にある。南部《ミナベ》の三日間で、互いが互いを見直し、確認し合った。それはお互いに、……うれしい理解であった。彼女が、精神的に身近にいること、ひそと寄りそっていることが、私に洗礼を受けさせる力になったであろうことは、充分考えられる。

玄関の電灯の下で、響子は何気なく、両手で髪の毛をかき上げた。腋の下の、黒いつややかな毛が、目に入って、私はちょっとどきっとした。彼女の乳房はつんと立っていた。乳房を持ち上げるようにし、彼女はよく腕を組んだ。スカートに包まれた腰は、たっぷりボリュームがあった。

水着姿の響子を見てから、話していても、ちょっとした彼女の身動きで、彼女の身体が気になることがあった。そして時々、ひどくまぶしい思いをするのであった。

扉を閉め、その隙間から、私は外に出た。

「あした、学校、遅刻せんようにね」

「君こそ……、おやすみ」

「おやすみ、今度また土曜日」

私はひらりと階段を降り、夜の歩道に飛び出して、ちょっと手を振って響子と別れ、まだ焼け跡の残っている道を、彼女とのやりとりを反芻《はんすう》しながら、急ぎ足で家路につくのだった。

同じ夏、受験勉強のためと称して、八月の中旬の十日間ほど、生駒山の奥の遠縁の寺に私の方は山ごもりしたし、響子の方も、父の牧師と山陰を旅行したから、教会でのそういった彼女とのやりとりは、八月の末から九月にかけてのことになると思う。

受験勉強のためという看板にいつわりなく、蛍の飛び交う山寺で、夜遅くまで私は久々に猛勉強をした。八月の下旬、むし暑い家に帰ってからも、勉強部屋である玄関の控えの間の三帖で、ランニングにパンツ一枚という姿で、計画表を精力的にこなした。

勉強に疲れると、背より高く茂る雑草の道を抜け、私鉄の荷車の操作場の踏み切りを越え、運河まで散歩した。吃水線《きっすい》まで荷物の重みで沈んだ、音ばかり高くてなかなか進まないダルマ船を、川風に吹かれながら、倉庫の日陰の堤防に腰かけて、ぼんやりと見降ろし、時間をつぶした。

関西の公立の大学を、私は受けるつもりだった。文芸部の仲間の何人かは進学組に入っていたが、まじめに受験勉強をしているのは、牧野と私ぐらいだった。工業高校だったから、そのまま就職してもよく、なんとなく進学組に入っているものも多かった。この頃、ほとんどの家庭の経済状況として、大学進学はかなりきびしかった。当然、私の家もそうだったから、工業高校を選んだのだ。工業高校の進学組というのは、だから中途半端だった。専門教科が少しすくなく、数学や英語が少し多いというだけだ。とっても受験体制といえるようなものではなかった。全部自分で組み立てて受験にそなえなければならない。

春休み以降、数ヵ月さぼった私には、公立を受けるには、時間的に相当に無理があった。それをこの夏休みに取りかえさなければならない。ただ南部の修養会以後、身心共に充実していて、一夏、受験勉強は計画通り、まずまずはかどった。

教会にもまじめに通い、響子と会うことがはげみになった。花園教会は、私にとってなくてはならないものになっていた。

ひと夏の終わり、ＫＫＳの責任者である若牧師、当時の甲田隆志副牧師に、私は懺悔をした。私の問題については、ある程度は響子を通じて、もしくは響子から桜子さんを通じて、若牧師に達していたと思われる。牧師館の玄関の脇の応接間で、私の懺悔を聞いた後、一緒に祈りましょう、と彼はいった。

……九月の最後の日曜日、私は洗礼を受けた。

教会の週報の裏側に「あるいはこれは大いなる偽善であるかもしれない。しかし、偽善者がそう簡単に善人になれるわけではない」となぐり書きし、私は決心して立って行った。白いガウンを着、前に出て、十字架の前で頭を垂れた。その時に唄われていた讃美歌を、歌詞は忘れてしまったが、その美しさを、はかなさを忘れることができない。

庭の芝生や木々は、夏の名残りの光で燃えていて、礼拝堂のアーチになった縦長の窓から入る光で、内部は明るかった。終わった後、そっとかたわらにやって来た響子は、私の手を両手でつつむように握って、

「一緒にやっていきましょう、ね、ね」

と何度もいった。目がきらきら輝いていて、私以上に、彼女の方が感激していたのかもしれなかった。


月の光と外灯の光に照らされて、私は庭の納骨堂の前に立った。腕時計の針は三時を指していた。

納骨堂をはさむように、二本のうっそうと茂ったヒマラヤシーダーが立っている。これはどうしたことだろう。当時、こんな大きな樹はなかった。……が、私はたちまち合点がいった。

三十年近い歳月が流れているのだ。樹だってこれぐらい大きくはなるだろう。とすれば、庭の周囲に植えられていた木々はどうなったのだろう。さぞうっそうとしていたに違いないが、今は切り倒されて一本もない。芝生の庭に、瓦が投げ降ろされ、樋《とい》やけらばや、解体されはじめた壁材や柱が、うずたかく積まれている。バレーボールなんかをよくやった当時の面影はまるでない。

納骨堂がすすけたように黒くなっている。人造石の洗い出しの真白だったあの塔が。正面の鉄の扉が外されて、黒い孔がぽっかりとあいている。

納骨堂の向こうが、柿の木や夏ミカンの木や、樫《かし》や楠《くすのき》、ちょっと農家の庭のような、牧師館の庭園だ。その間にバラの垣根がある。バラの門は教会の庭によく似合ったが、今は廃材の下に押しつぶされてしまっているのか見当らない。

犬がいたはずだ。確か黒い犬だ。牧師館の庭で、響子は犬と遊んでいた。それをどういう時に見たのか忘れてしまった。

かぼそく虫が鳴いている。あれはコオロギか。……半月もしないうちに、あらゆるものは消え去るだろう。さまざまな人々の記憶にいろどられた、庭や教会の建物や塔……。

私をここへ来させたのは偶然か。教会が地上から根こそぎなくなるぎりぎりのところで、立ち会わせたのは——。

……洗礼を受けた前後、九月、十月と教会の中で静かな日々を送った。響子と、もう激しくやり合うことはなかった。

そんな時、庭の納骨堂が完成した。そのまわりの花壇の手入れは、響子の役目になっていた。私は花壇の縁に腰かけ、彼女は花に水をやりながら、夕方、小説や映画の話をした。この時期、二人が心をひかれたのは、武者小路の『愛と死』であったり、ヘップバーンの「ローマの休日」であったりした。

礼拝の後、彼女はよくオルガンの練習をした。ピアノを習っているらしくて、キーのタッチが違うといって悩んでいた。楽譜を見て、私はいろんな曲を注文した。彼女はなんでも弾けた。ショパンの「別れの曲」を弾きながら、

「わたしは、これを弾きながら死ぬの」

などといった。

教会対抗のソフトボールの試合に出た。

前の国道からタクシーに乗ったが、私の横に座っている、スラックスの彼女の尻が気になった。上下とも黒だったから、身体の線がひどく目立った。

どこかの学校のグラウンドだったと思うが、私はなんと満塁ホームランを打った。こういうことは絶対に忘れないものだ。彼女の方は、私のコーチで初めてのヒットを打った。

チームには二人の女の子を入れる約束になっていたらしい。響子はライトで、私はセンターだった。二人の連携プレーはかなりうまくいった。左打者の時にはポジションを入れ替わった。

しかし一度右の方にきれいに流されて、彼女の大きな尻の下を見事に抜けていき、お蔭で校舎の隅までボールを追って走る羽目になった。

「えらいすんまへん」

息を切らせて帰ってきた私に、彼女はぺこりと頭を下げた。腰を落として、と私は即席のアドバイスをし、次のボールは、響子はなんとか身体で止めた。そして彼女からトスされたボー

ルをバックホームし、油断していた相手を、フォースアウトにすることが出来た。

バッターボックスに立った時、女の子はたいてい看板だった。振ってもどうせ当たらないから、あわよくばフォアボールで塁に出ようというのである。ところが、二度目の時、響子は承知をしなかった。

「それなら私、やめる」

と頑張った。彼女は三度振って、三度とも空振りだ。バットとボールの間が二十センチ以上もあいていた。

3対0で花園教会が負けている最終回、今度も彼女はバットを振るつもりだった。たまりかねた私は、最初のバッターがねばっているのを幸いに、バックネットの裏で彼女をコーチした。

「バットは水平に振るように、ボールが目の前に来てから振るように、めくらめっぽう振らないように、わかった？」

「わかりました」

彼女は素直にうなずき、何度か振って見せた。とにかく誰か一人出てくれなければ、上位に打線が廻らないのだ。最初のバッターがさんざんねばった後、キャッチャーフライに倒れ、響子がバッターボックスに立った。

私は正面に立ちうなずいてみせた。一球空振り、二球空振り、しかし彼女は歯を喰いしばって、大きな目でピッチャーを睨んでいる。なんて気の強い女の子だろう。三球目、当たった、打った、ボールはファーストの左を抜けた。彼女は躍り上がるようにして一塁ベースに駆け込んだ。味方も敵も、やんやの喝采だった。一塁ベース上で、彼女はうつむいて靴を布のベースにこすりつけていた。

次の女の子が三振し、ツーアウトで一番に廻ってきた。相手は勝ちを意識したのか、制球が乱れて、一番をフォアボールで出し、二番の野々宮はきれいに三遊間を抜いた。こうして二死満塁で私に打順が廻ってきた。

とにかく塁に出ることを考え、女の子の守っているライトに流そうと、私は三度流し打ちしたが、三度とも一塁の右へファウルになってしまった。

「流さんでええで、白河さん、思いきって振っていけ」

一塁で何度もスタートを切っては戻っていた野々宮が、大きな声を出した。ツーエンドツー、私は今度はフルスウィングをした。ボールはセカンドの頭上を越え、ライトの方に寄っていたために、がらあきになっていたセンターへ低空飛行で一直線に飛んだ。運動場の一番深い所へボールは転々とし、校舎の向こうの中庭の方へ消えていった。

パラソルを差して応援に来ていた高木さんが、飛び上がって喜んでいるのを横目に見て、私はホームベースを駈け抜けた。走者一掃の起死回生の一打になった。握手攻めに合っている私を、響子はあっけにとられたように見ていた。

——十月下旬の日曜日である。野々宮が蓄膿《ちくのう》の手術で入院している病院へ二人で見舞いに行った。

うららうらと晴れた日で、着飾った若者や、買い物の主婦、歩道に群れる鳩や、靴磨き、靴を磨かせながら新聞を読んでいる人や、そんなのんびりした花園町の街角から、バスに乗った。

彼女はスカートのポケットから小銭入れを出して、切符を二枚買った。自分が誘ったのだからといって、私に出させなかった。バスはかなり込んでいて、二人は吊輪にぶら下がりながら、窓から見える軒の低い家並みを眺め、振動の度に身体をぶっつけ合った。

病室では、響子を真中にベッドに腰かけて話した。

「あたしも、中学の時、蓄膿の手術してん」

彼女はその時の話をさかんにした。私は、さかんに喋っている響子の鼻を、そっと見ていた。

それからどんな話の展開になったのか、

「リンゴなんかかじると、歯ぐきから血が出るんや」

と私がいうと、

「あたしも、そう」

と彼女は即座に応じて、その話になった。歯ぐきから血が出るということが、私にとって、ひどく貴重なことに思え、何度も、彼女にうなずいた……。

しきりに虫が鳴いている土曜日の夜。教会の玄関の扉が閉まっていて、今晩のＫＫＳはどうなったのだろうと、私は牧師館の方に廻った。

玄関に出て来た桜子先生は、

「阿倍野《あべの》教会で、合流して合唱の練習をするといって、響子ちゃんたち、さっき出かけましたわ……白河さんを待ってたんですけど」

最後のところをちょっと首をかしげて笑っていい、道順を手短に教えてくれた。地図を口頭で教えるその要領のよさに、私は、やっぱり普通の女の人とは違うと、すっかり感心してしまった。

まだ人通りの多い国道沿いの歩道を、バスの停留所のある花園町の交差点まで来て、そこで高木さんと出会い、二人は連れ立って出かけることになった。高木さんは夜目にもスタイルがよく、歯切れのよい大阪弁を話した。バスを降り、二つ目の信号を右に入ると、暗い坂道になっていた。坂道の途中にさらに暗い庭があり、その奥にぽっかりと明りが見えた。

玄関で声をかけると、待っていたように響子が出て来た。花園教会よりひと廻り小さい礼拝堂に、十数人の青年が集まっている。

「あんたはパートが高いから前の方へ行き、白河さんはこっちの方」

響子はそういって、自分の隣の席に導いた。高木さんはぷっとふくれて、一番前の席に着いた。

ベートーベンの「自然に於ける神の栄光」という曲で、指導の人から曲の説明があり、パートの確認があって、練習に入った。高木さんはソプラノ、響子はアルト、私はバリトンであった。譜面をもらって、指揮棒に合わせて声を出す、こんな本格的な発声は初めてだ。各パートの練習があり、それがいくつか合わさり、やがて人の声だけで立派な音楽になっていく。それに参加しているという、この体験は素晴らしかった。

私が慣れていくにしたがって、響子は安心して、しだいに本格的な声を出しはじめた。そうしながら、彼女は何度も私の方を見てうなずく。彼女に導かれて、私は声を自在にあやつれるようになり、いつともしれず、自分たちの声に酔いしれ、遠く高く、飛翔して行った。

十月、十一月……、こうして、日曜の午後、庭でバレーボールをしたり、雨の日には、響子のひくオルガンを聞いたり、静かだが、幸せな日々が続いていた。

しかし、これはやはり幕間に過ぎなかった。神と、響子と私の蜜月は、それほど長くは続かなかった。

こういう契機をなんと呼んだらいいのだろう。私が洗礼を受けた契機と、それは根本的に違っていた。しいていえば次のようなことになるのではないか。

高校二年から三年へかけての春、「何も知らない自分」を、私は突然に知って愕然《がくぜん》とした。成長の過程で、さまざまなことを知っていくわけだが、ある程度のことを知った段階で、あるいは知ったがゆえに、不意に自分は何も知らないのだ、と冷や汗と共に悟る。いい気になり過ぎていた反動で、それはすさまじいものがあった。

つまりこれと対をなしていた。少年から大人への精神内容の変化の過程で、ある仕組の秘密を知って、突然に大人の世界がなにもかもわかってしまったような気持になる。「なにもかもわかってしまった自分」を一種の高揚した絶望感で味わう。こういうことだと思う。

私は興奮して書いていた。

〈僕の前に、ドストエフスキーの『白痴』の主人公、ムイシュキン公爵が姿を現わしたのである。ベートーベンが荒々しく青春の開眼を告げたように、ドストエフスキーは吹雪のような激しさで、青春の終局を告げにやって来た〉

小説との衝撃的な出合い、とでもいえばいいかと思う。だからこれは大変に観念的な興奮であった。むしろ巨大な観念との初めての出合いが、私に世界を解釈する術を教えてくれた、というい方の方が正しいかもしれない。

最初、教会へ出かけた動機が、西洋文学を理解するため、というものであった。ある程度、キリスト教の世界に足を踏み入れた今、ドストエフスキーを読みはじめたということは、これは環境としてはよかったと思う。

それに、偽善者の意識から洗礼を受けたということが、ドストエフスキーを理解させやすくしていた。「偽善者こそ真の人間だ」と彼はいっていそうだ。こういうことが、ドストエフスキーへ、のめり込む下地になっていた。彼は、人間の見方を、世界の見方を教えてくれた。

ところが、どういうきっかけで、いつその本を買って、いつ頃から読みはじめたのか、私には憶えがない。

きっかけらしいものといえば、英語の湊先生に、ドストエフスキーを読むことをすすめられたことである。彼は学生の頃『白痴』を夜を徹して読んで、明け方に飲んだコーヒーのうまかったことを、実感を込めて語った……、英語科の職員室のダルマストーブの前だった。だからそれは一年近く前の話だ。

いつその本を買ったのか、どこで買ったのかについても同じだ。ぼんやりした記憶しかない。花園教会の近くの、萩之茶屋の商店街に、少し大きな古本屋があって、私は時々ここを覗いた。ここで、ミッチェルの『風と共に去りぬ』を買った記憶は鮮明にある。響子に貸したところ、彼女はそれに熱中してしまったのだから。多分『白痴』もここで見つけたのではないか。そして受験勉強があるため、本箱でしばらく眠っていたのではないかと思う。

文芸部の一年先輩の中村に会ったのは、十二月の中旬であり、それまでに『白痴』と『カラマーゾフの兄弟』の二作を読んでいて、年末に『悪霊』を読んでいる。これから考えると、十二月の初めには確実に読みはじめていたと思う。受験勉強もそっちのけで、何日も、夜明け頃まで読みふけった。

いくつかの記憶がある。深夜、読み疲れて字がかすみ出し、外に出て星を眺めながら、『カラマーゾフの兄弟』に出てくるアリョーシャやゾシマ長老と対話していた。身の引きしまる寒さの夜のしじまの中で、私は遠いロシアの架空の人物を、すぐ身近にいるように感じていた。

ドストエフスキーは、地下の巨大な世界だった。すぐ足の下に、そんな巨大なもう一つの世界があるということを、今まで知らなかった。そしてそれを知ってしまうと、日常の世界は、まるで違ったものに見えはじめた。

足元に大きな亀裂があり、足の下に大きな空洞があるのに、そんな重大なことに気づかず、人々は意味のないことにあくせくして、泣き、笑い、悩み、せかせかと暮している。それはとっても奇妙な眺めであった。目の前にある日常の世界は、そちらの方が仮象の世界に感じられた。

私の家の南側に、戦前、国定の教科書を印刷していた、西日本一の書籍会社の広大な焼け跡があった。その焼け跡を横切ると近道になった。雑草の中に工場の土間や基礎の残る、踏み分け道を横切って、市電の通りに出て、そこから十分ばかり歩いたところに風呂屋がある。

私は風呂屋が好きなものだから、受験勉強に疲れたり、なにか考えごとがあると、

「お母ちゃん、風呂へ行ってくるわ」

とタオル一本を肩にかけ、石鹼箱をポケットにねじ込み、牧野に教えられたコスマの「ロマンス」などを口ずさみながら、焼け跡を横切って行った。

湯舟の縁に腰かけた私は、泡だらけになっている人や、もぐりっこをしている子供や、たまには浪曲をうなっている老人や、鏡の前でひょっとこを作って髭を剃っている後ろ姿を、ぼんやり眺めて放心していた。

この仮面劇……平和そうな人々の仮面の裏側に、なにが潜んでいるか。醜くて、貧しくて、卑屈で、貪欲で、好色な、臆病で、ずるがしこい、きょときょとした心の動き、どろどろした

びくびく脈打つ内臓を包んだ皮袋。人々は一生仮面劇を演じ続ける。この滑稽さ……。それまで読んでいた、そうして読み疲れた私に『白痴』のムイシュキン公爵は、こういう世界を見せてくれた。

放心している私の目に、奇妙な浴場の情景が、広がっていた。人々の汚い裸、貧弱な尻、斑点のついた肌、あばら骨、垂れ下がった睾丸《こうがん》、ねじ曲った足、背を丸め、ひょこひょこと歩いて、このみすぼらしい生き物は、せいいっぱいの道化芝居を演じているのだ。しかめっ面をしたり、目をきょろきょろさせたり、ヒヒヒと笑ったり、泣いてみせたり、欠伸《あくび》をしたり、まったく退屈な芝居だった。

私のまわりに広がる人々の営みに対する、この強烈な感想は、多分数ヵ月続いたのではないか。――そういった中で、私は大学の選択の基準を建築かち文学へ変えてしまった――。

人間たちの茶番劇め……。ゆううつな笑みを浮べて、教会の庭の日だまりを、私は散策していた。

不意に、目の前に、勢いのついたボールが飛んできた。私は反射神経で、かろうじて、片手でそれを受け止めた。それからようやく我に返ってあたりを見廻すと、目の前に、響子が笑って立っていた。

「あぶないやんか」

「ぼんやりしてるからや」

「そんな近くから投げたら、けがするやろ」

まったくむちゃをする女だ。うかうか考えごともできない。

「バレーボールせえへん？」

にこにこしてそんなことをいっている彼女に、私は力いっぱいボールを投げ返した。彼女は芝生の上を逃げて行きながら、体を二つに折って受け止めた。

「ねえ、バレーボールしよう」

彼女は黒々とした魅惑的な目で、再度いったが、私はかぶりを振って、ゆううつな散策に戻るのであった。

十二月の何日かの日記に、

「俺は、一生小説を書く。人間たちの、醜い素顔をあばいてやるのだ……」

と書いた。

8

冬休みに入るだいぶ前だったと思う。多分十二月の中旬、教会ではクリスマスの準備の始まった頃だった。

この二年目のクリスマスについては、記憶していることがほとんどない。受験勉強があるということで、演劇や催し物の準備には参加しなかったからだろう。しかし、教会にはよく出かけたし、ＫＫＳのクリスマス集会やいろんな集会には出席した。この頃、教会は毎夜のように、準備や集会で、あかあかと灯がともり、人々が出入りしていた。

そして何よりも、ここへ来れば、響子に会えた。つまりクリスマスの前後は、いつでも響子に会えるという、彼女の姿が見られるという、楽しい時期だった。こういう安心感があって、私は好きなことをしていた、といえるかもしれない。

文芸部の一年先輩が、東京の下宿生活で神経をやられ、ひと足早く大阪に帰っているという話を、島あたりから聞いていた。島は、一年上の同じ詩人の大森と仲が良く、彼らの卒業後もつき合っていた。中村のことは、だから島がもたらした。彼とは、文芸部の頃は、それほど親しくはなかった。

中村の家は教会の近くだった。クリスマスの準備の最中の教会を抜け、私は彼を見舞った。店から庭を抜けて、離れに案内された。彼は寝てはいなかったが、閉めきった暗い和室で、火鉢にもたれ、チャイコフスキーなどを聞きながら、ひっそりと本を読んでいた。

ドストエフスキーにのめり込んでいた私は、こうしてまた、一人の人物と出会った。中村との出会いは、激しい偽善者意識にとりつかれていた中での、城崎先生との出会いに似ていた。こういう人たちとの出会いによって、思想が形成されていくものらしい。

中村は、はなはだしい虚無の中に居た。障子越しの弱い光の中で、炭火の火鉢に手をかざしながら、丹前姿の彼は、ぼそぼそと語った。夏の海辺、蟬しぐれの林の中の城崎先生との対話にくらべ、こちらはあまりにも暗く寒々としていた。弁証法はなかった。絶対的な懐疑であった。しょっぱなから、そういう舞台装置の中で、話は飛躍してしまった。中村は、そういう話のできる相手が出来たことを、喜んでいる様子だった。

厚い眼鏡を光らせて、彼は目の前にある湯飲み茶碗を、それがそこにあるということを、否定しにかかった。事物の意味だけでなく、事物の存在の本質そのものを否定していった。本性という言葉を使ったかどうかわからないが、彼は事物の本性をその時否定したのだと思う。

「これは今、こんな形をしているけれど、本当はどんな形をしているか、わからないんだ……」

「時間がたてば変わるということか」

「そうじゃないんだ」

「そう思っているだけだということ?」

「そうじゃないんだよ」

私がなかなか理解しないものだから、彼は何度もねばり強く、論点をかえて説明した。ある時、まったく不意に、私は直感的に、何かを、理解した。

この何かは、中村のいいたかったことと、違っていたかもしれない。しかしこれについては、その時も今も、確認のしようがない。私は私の理解の中で、今までとは異質な世界を、不意に実感した。

目の前にある湯飲み茶碗が、ひどく奇妙なものとして見えはじめた。というより、そこにあった湯飲み茶碗は消えて、見たこともないような、粘土の、あるもの、としかいいようのないようなものが、そこでとぐろを巻いていた。使いなれた、日常的な親しみのあるものから、白々しい、こちらからの親しい呼びかけを拒否する、よそよそしい、ある強固なもの、「もの」そのものとして、それはそこにあった。

その時から、まわりにあるもの、それぞれが、自己を主張しはじめた。皆が眠りについた後、勝手に踊り出した人形のように、勝手に演奏しはじめたピアノのように、勝手に走り出した玩具の自動車のように、それぞれの事物が、それぞれの存在を主張しはじめた。

事物の存在の調和はくずれてしまった。まったくばらばらに解体され、勝手に、存在しはじめた。よそよそしい、見知らぬものとして、私のまわりに存在しはじめた。こんな、意味もなくばらばらに存在するものが、果して存在といえるのかどうか。まるでおばけだ。……私は途方に暮れてしまった。

私は見知らぬ世界に踏み込んだ。幼い頃、こういう感じにとりつかれた憶えがある。例えば病気で一人寝かされていて、夜中にふと目を覚ました時、自分のまわりにある日常見なれた家具や玩具が、見知らぬよそよそしいもの、ものそのものとして存在しているのを感じる。私は恐怖に声が出せなくなる。その感じに似ていた。

この時、私自身も、ものだ。存在の意味づけができない。もの対ものでしかありえない。事物を意味づけすることにより、自分の存在が意味づけられるのだ。これが解体された。当然私自身も解体されざるをえない。意味もなく、湯飲み茶碗も、私も、そして中村も、偶然に、そこにあった。偶然に、ばらばらに、ものとものとして、そこにあった。

このような形で、存在がばらばらに解体されていくのを、メカニズムが解体され、存在そのものに帰っていくのを、実感した。中村の覗いているらしい世界と、私の覗いた世界は違っていたとしても、彼のいわんとし、伝えようとしていた実感の、一端はこの時理解したと思う。

私がサルトルに出合うまで、この時の理解は、それ以上は進まなかった。一年後に読むサルトルの『嘔吐』の中のロカンタンの、あのマロニエの根の実感に対する理解によく似ていて、だからごっちゃになっている部分もあると思うが……、この夜、それは不意打の衝撃であった。

大学卒業の前後、これも未完のエッセー「細分化と非連続としての存在」の中で、ここらあたりのことをまとめようとしたが、これも果たさないままである。その意味でも、その夜の衝撃の内容を、一部混同しているとは思うが、そういう考えを持ったきっかけが、中村との対話であるから、三十年近く経過した今、あの夜の実感をこんな風にとらえてもさしつかえはないはずだ。

——彼の家を出たのは、十二時に近かったと思う。

中村の家は商店街でカバン屋をしていたから、私はシャッターの閉まった、人通りのとだえた、がらんとした商店街のアーケードの下に投げ出された形になった。ここは響子や、響子たちと、アイスクリームを食べにきたり、集会の準備の買い物をしにきたり、彼女がアルバイトをしていた商店街だ。

その夜、シャッターやガラス戸の閉まった、街灯に照らされた同じ通りが、まったく違ってみえた。静まり返った舗道に足音を響かせて急ぎながら、響子たちとのお喋りを、まったく異質な子供っぽいものに感じていた。教会の出来る前の、甲田食堂のあった前を通りながら、私の神が、解体されるのを、どこか遠い出来事のように味わっていた。

正月をはさんだ一ヵ月あまり、私は三日にあげず中村と会った。出歩く場所は、霞町から新世界界隈であった。

萩之茶屋の商店街から、南海の高架の下をくぐり、今池商店街に入り、天王寺線の踏み切りを越え、飛田遊郭の手前で、飛田商店街に折れ、霞町に出るのである。

南海の高架をくぐったあたりは、高架に沿って、古道具屋が並んでいた。露店も多く、靴片方とか、わけのわからないものが道に並べてあった。エロ雑誌が積まれていたりしたが、ヴァンデ・ベルデの『完全な結婚』はここで手に入れたものだ。

今池商店街の中程を左に折れると、立ちん坊通りだ。西成警察の前を通り、ドヤ街に連なっている、いわゆる釜ヶ崎だった。年の瀬の夕暮れ、行き場のない人々が、道で焚火を囲んで群がっていた。

華やかなネオンにいろどられた飛田遊郭の大門を右に見て、左へ、ぐねぐねした飛田商店街を歩く。霞町の交差点近くの「銀河」という喫茶店が溜り場だった。

中村と同級の文芸部の仲間が、一緒の時が多かった。一年上の彼らを、私はほとんど知っていなかったことに気づかせられた。

『カラマーゾフの兄弟』を推理小説だという、シニカルな材木屋の息子がいた。長身の彼は、高校を卒業した後浪人をしていて、パチンコの腕はプロ並みで、それで食っているなどとうそぶいていた。

東京の大学に入り、東京ですでに女と同棲していて、長いどろどろした小説を書いている、よく太った鉄工所の長男がいた。新世界の音楽喫茶で、私のリクエストしたショパンの「別れの曲」に涙ぐんだりするような意外な面も持ち合わせていた。

勿論、市役所に勤めている詩人の大森もいた。文芸部設立の時は、大森が三年生の中心で、彼と相談しながら進めたのであった。彼はこの頃、いろんな注射を打ちはじめ、数年後文芸部のOBで読書会を持ちはじめた時には、入院生活を送っていた。

「銀河」には、あきちゃんという、小柄だがお乳の大きい、ちょっと可愛いいママがいて、彼女の旦那は、新世界のストリップ劇場のバンドマスターであり、下町の芸術家であった。

そのせいか、この小さい喫茶店には、場末のインテリが集まってきて、私たちの恰好のひやかしの材料になった。芸人もやってきて、こちらの方は、好奇心を刺激した。

「あきちゃん、その乳、本物か？」

中村は、そんなことをしつっこく聞いた。

「なにか入れてるの、違う」

「なにも入れてないわ」

彼女もむきになって、いった。こういうやりとりの苦手な私は横を向いていたが、

「ほんなら、ちょっとさわらせてみろ」

中村は中年男のようなあつかましさでいい、私を驚かせた。こういうことはあったが、あきちゃんは、私たちのいい話し相手だった。

中村はジャンパーを着て、私も父の古い黒いジャンパーを着て、ポケットに両手を突っ込んで、寒そうに背を丸め、師走の人ごみの中を、さも用がありそうに、そそくさと歩いた。

小便臭い、人々が焚火をしている、ドヤ街を抜けたり、提灯のぶら下がっている飲み屋の屋台のノレンを覗いたり、おかまが暗がりに立っていて袖を引き、しつっこくまとわりついてくる山王町の路地を通り抜けたりした。これは一種の冒険だった。

「銀河」で何人か集まると、ガードをくぐって、ジャンジャン街に入り、カウンターに腰かけ、串カツを食べながら、焼酎を飲んだ。飲みながら喋るというのではなかった。西成のカスバのそういう人々にまじって、そういうことをするということに、意味があった。

その肉が、犬や猫の肉であるという噂だったが、そんなことは一向にかまわなかった。ホーローの四角い皿に入ったソースに、つけて食べる串カツはやわらかくてうまかった。同じ串で皿に盛ったキャベツを突き差し、ソースにつけて食べた。

よく見ていると、細いコップに焼酎をついでくれるのだが、下にガラスの皿が受けてあり、そこにこぼれるぐらいなみなみと一升瓶からつぐのだ。カウンターのまわりには、ジャンパー姿の労務者が多かったが、彼らはまず、皿にこぼれた焼酎から、うまそうにすすった。

彼らは周囲の人間にはひどく無関心だった。活気のある割に、話し声や、からみ合う声はなかった。店の人の景気づけの声の中で、黙々と焼酎をすすり、串カツを噛んだ。私たちはその横で、やはり同じようにした。

娼婦やおかまやルンペンや日雇い労務者の吹き溜りである、山王町から、飛田、新世界、霞町、釜ヶ崎と彷徨しながら、私たちは、小説を書くものは、何をしてもいいんだという意見で、互いに納得し合っていた。

とにかく、見なければ、知らなければ、体験しなければ、何も書けない。当時の言葉でいえば、青臭いものしか書けない。これは堕落ではないのだ。いや堕落してもかまわない、書くためには、というような理屈を、議論し合った。共通認識として、私たちは、書くための、知るための、自分にかした実験なのだということがあり、そういう気持が勝っていたために、少しも恐ろしいとは思わなかった。

年末、私はドストエフスキーの『悪霊』を読んでいて、作品の中の世界と、西成の人間の臭気に満ちた現実の世界とが重なり合い、それが相対化されて、半ば架空の世界に遊んでいるような心地で、ほっつき歩いた。母や中村の姉に、コウモリだとあきれられるほど、日が暮れると、からっ風の吹きすさぶ夜の街へ、ジャンパーの襟を立てて出かけた。

かたわら、私は教会のクリスマスにも参加していた。クリスマス・キャロルで、讃美歌を唄いながら、夜の町を練り歩いたのは、このクリスマスだったと思う。だから私の行動はひどく矛盾していた。教会に帰ってきて、桜子さんにあたたかいミルクを飲ませてもらったのが、大変においしかった。寒い夜の町と、あかるい教会のあたたかいミルク……。

響子が音楽会に誘うために、家に電話をかけてきたが、私はいなかった。ジャンジャン街で焼酎を飲み、工事中の通天閣の近くの喫茶店で、天井の節穴が女陰に見える、というような仲間の小説の批評をしていた。深夜、家に帰ってきて、母にそのことを聞かされ、だから私は奇妙な感じに囚われた。

十八歳の私は、思想面だけではなく、生活の上でも、急いで大人になりたがっていた。響子との振幅が合わなくなっていたし、しかもそんなことを顧みている余裕はなかった。あんなに憧れた彼女を、私は置きざりにして、一人でせっせと別の道を歩きはじめた。

短い青春の、入口は響子と共に入ったが、出る時は、どうやら別々のようだった。

——私は靴のまま、暗い牧師館に上がり込んだ。

タタミはめくられ、建具は外され、無事な外観とは違って、中は完全な廃墟だ。廊下にぽつんと残された火鉢が、ものいいたげだ。

……多分、この火鉢だろう。

大きな火鉢で餅を焼きながら、トランプで占いなどをして、正月、廊下の左側の広い和室で、響子と二人、わりあい静かな時間を過した。

ジャンジャン街の人込みの中をぶらつき、焼酎を飲み、ドヤ街や山王町の裏町をほっつき歩いていた私と、どう調和がとれていたのだろう。

……牧師館の庭で、少女の響子が、マリをついていた。

地面に反発したマリが、少女の手に吸い込まれていく。手の平がしなり、マリは送り出されていくが、まるでヨーヨーのように、彼女の手に戻って来る。地面を打つマリの音と、時々地面をこする運動靴の音があるだけだ。

響子はスカートの裾をしぼって左手に持っている。くるりと腰をひねると、マリは彼女の足の間を抜けて、背後に廻る。再び腰をひねって、マリを前に出す。彼女の髪の毛は、はらりと乱れる。それから、スカートを持った手の間を、通したりする。マリは、彼女の身体の一部に化している……。

どうして、こんな幻想が私をとらえたのだろう。私は廊下にかがみ、落ちていた新聞紙で、火鉢についたほこりをきれいに拭っていた。

正月、庭に面した三間続きの和室で、いろんなゲームをした。若牧師を中心に、ＫＫＳのメンバーだ。百人一首、トランプ、輪投げ等、いずれも響子は強かった。ことにダーツなどは、他の女の子は、矢が的にくっつきもしなかった。彼女はそういう時、照れも笑いもしないで、真剣に取り組んだ。これが響子の真価かもしれない。誰も見ていない庭で、一人マリつきをしている少女のようだった。

冬の早い黄昏、広い和室には、彼女と私しか居なくなった。彼女は火鉢で餅を焼いていて、横で私が「一人トランプ」をするのを眺めていた。

二人でトランプ占いなどをしていた私たちを残して――、気をきかせたのか、声もかけず、若牧師に連れられ、皆は商店街にでも繰り出したらしかった。

「今度、わたしにやらして……」

「知ってるの？」

といいながら席を替わった。

彼女の焼いてくれた餅を食べ、私は響子のやる一人トランプを眺めた。

マリをつく少女のように、それが果てしないのだ。トランプをめくり、指を噛んで、彼女は素早く置いていく。響子は人に負けることが嫌いだったかもしれないが、それ以上に、自分の思うことを納得がいくまでやる、というようなところがあった。いずれにしろ、彼女は踏み外さなかった。そんな響子を、私はあかず眺め続けた。

年の瀬、ドストエフスキーの『悪霊』を読み、私はおおいに踏み外していた。小説を書くものはなにをしても許されるのだ、と自分たちだけで合意をして、人間の醜い素顔をあばいてやるのだ、といっぱしの悪者ぶって、ジャンパーに両手を突っ込み、酒を飲んで、西成のスラム街をぶらついていた。

本当に、響子の前で、また神に対し、私はどういう理由づけをしていたのだろう。偽善者の意識にとりつかれたあの悩みは、私にはもう無縁のものになってしまっていたのだろうか……。

いや、そうではなかったはずだ。

この頃、ドストエフスキーを通して神を見ていた私は、踏み外してはいたが、神から遠ざかっているとは、決して思ってはいなかった。むしろ、熱に浮かされたような形で、神を感じていた。悪をなすのもまた、神へ近づく道であることを、理由にしていたようである。ブーメランのように、遠くへ投げる力が強いほど、帰ってくる力も強い。この緊張関係が必要だ、と思っていた。悪との振幅のない、純粋無垢《むく》の信仰など、私には魅力がなかった。

強烈な悪を知るものは、そのもののみが神を知る。私の信仰は、そういう弁証法で入っていったから、この矛盾は必然であったかもしれない。

――しかし、実をいうと、強烈な悪というのは、なかなか存在しなかった。

松の内、中村と私は、高架下の飲み屋で、関東煮をつついて酒を飲んでいた。私はその頃、すでにかなり酒が強かった。

高架の壁にたてかけた屋台に屋根をかけたようなバラックの、数人がカウンターに腰かけたらいっぱいの、そんな飲み屋であった。この前を通ると、中村は必ずジャンパーの袖を引っ張られ、あげくにベルトを摑まれてしまう。

その女はいつもここの床几で飲んでいて、客引きをやっていた。若いのか年を取っているのかわからないその女は、バラックの片隅で、青白い腕をまくって、そっと注射針を立てた。

「ヒロポンか？」

と中村が聞くのに、

「そんなもんで、もう効くかいな」

振り向きもせずに、その女は、娼婦はいった。

このエピソードは私の日記に残っている。そして「残念ながら、そこには泥沼はあったが、悪はなかった」という感想と共に――。

……一月の中旬、中村は東京へ発っていった。私はその時、自分も東京の大学を受ける、という約束をとりかわしていた。そうして三度、遅まきながら受験勉強に身を入れた。

響子のいる大阪を離れて、何故東京へ？

これがわからない。ただ響子がいるから、関西の大学へ、という発想はなかったと思う。とすれば、誰もが抱く、とにかく本場の東京へ。一生小説を書くなら、東京を知っておく必要がある、という気持だっただろう。こんなようなことだから、大学に入ってすぐに後悔するようなことになる。

響子は関西の、有名なお嬢さん学校の短大へ入ったが、恥ずかしがってなかなかその名前をいわなかった。彼女の場合は花嫁修業といってよく、ここで道は、完全に分かれてしまった。

9

——四月、東京の私学に入った私は、大阪を離れた。

朝、大阪を発って、日暮方、汽車が赤茶けた巨大な集落のような東京の街を、ごうごうと走りはじめた時、私はそこへ再生しにきたより、殺されるためにやって来たような気がした。駅のスピーカーが男のだみ声でガアガアがなりたて、せきたてるプラットホームに立ち、大勢の人々がいっせいにザッザッと、階段を上ったり下ったり、汚い巨大な電車が入って来て、再び大勢の人々が吐き出され乗り込んでいく……、私は呆然と眺め、肌が粟立《あわだ》った。これは殺人集団だ。——ここには文化のかけらもないではないか。

これは間違いであった。これは誤算をしていたと思った。少なくとも、関西には文化がある。そこで育ち、気づかなかった、ということをあらためて気がついた。四年経てば、私は再生して大阪へ帰るつもりでいた。四年間だけという甘い気持に、私の計算のどこかに、根本的なところで間違いをおかしていた。私は早くも、東京へ来てしまったことを、後悔した。

武蔵野の煙草屋の二階に下宿した。そこは駅から五分ぐらいで便利だったが、前がバス通りになっていて、アスファルトの道は穴ぼこだらけであったから、その穴ぼこにタイヤが落ち込む度に、古い造りの木造の家は鳴動した。ガスはなく、水道はなく、井戸水だったのには驚いた。文字通り井戸端で、石油コンロで米を炊き、自炊生活を始めることになった。

二階には六帖が二間あって、私は庭に面した南側の部屋を借りることになった。襖《ふすま》一枚の北側の部屋には、水道局に勤めるサラリーマンの人がすでに下宿していたが、いつも静かで、挨拶以外、この人とは親しく話したことがない。

煙草屋にはいつも店番をしている上品なおばあさんがいて、ちょっと美人の養女がいて、最近結婚したばかりの旦那がいたが、この男は一年経たない間に癌で死んでしまったから、ほとんど印象にない。煙草屋の娘……娘とはもういえない年頃だが、彼女とはよく話をした。ことに御飯の炊き方や料理は、すべて彼女に教えてもらった。

下宿の前のバス通りと交差した、横の土道を西へ数分行くと、そこはもう武蔵野だった。巨大な樹がうっそうと立ち並んでいて、よく霧が立った。黒い土の道が一本通っていて、そこを行き交う人々……それは荒々しい関東の自然だった。これは気にいった。たくさんの俳句を作ったが、忘れてしまった。

その手前に風呂屋があって、遊郭のような玄関の、この風呂屋は窓が大きく、洗い場と浴槽が別れていたから、冬は寒かったが、夏は気持が良かった。浴槽の正面の壁に、ペンキ塗りの安っぽい富士山の絵が描かれているのは、未開地のようで気にいらなかったが、窓から木立が見えるのは素晴らしかった。中村が遊びに来ると、まずこの風呂屋へ行った。

木立の道をなお行くと、玉川上水に出た。幅の狭い、深い川だったが、水量はさほどなかった。太宰治がここで自殺したというが、とても溺れ死ぬほどの水量ではなかった。右へ行けば三鷹《みたか》、左へ行けば武蔵小金井《むさしこがねい》、いずれに行っても変化のある林や畠が続いていて、川沿いは散歩道になっていた。光と影の変化に富んだこの道を「自殺者の散歩道」と名付け、私はこよなく愛した。

こういう武蔵野の自然に比べ、大学は実にくだらなかった。マス教育で、通り一遍の講義は、少しも面白くなかった。たまたま人気のある教授の教室は満員で、そういう教授は生徒の機嫌をとるためか、雑談ばかりしていた。人気のない教授の教室は、「代返」ばかりで、見るも哀れなぐらいがらがらだったし、そんなことに無関心なように、千年一日のごとき気のない講義を教授は進めた。

なんのために受験勉強をして大学へ来たのか、生徒の方でも、女の子をひっかけるのと、マージャンとにうつつを抜かしていた。どちらも面白くなかったから、大学へあまり出ず、下宿で本ばかり読んでいた。本に疲れると、自殺者の散歩道を歩き、風呂屋へ出かけた。

〈かの時に、いいそびれたる大切の、言葉は今も胸に残れど〉

東京での日記の第一ページは、この啄木の歌で始まっている。

私は、遠く離れて初めて、響子への想いを素直に実感した。なぜこんな武蔵野くんだりまで……ここは景色は素晴らしかったが、関東ローム層の黒い土は、私にとって異郷だった……来てしまったのか、よくわからなかった。

どこかで私はあやまりをおかした。例えば去年の年末、今年の正月、なにかのきっかけで……という気持が強かった。どこでなにを、という具体的なことは思い浮かばなかったが、いつかずるずるとこうなってしまった。ここはどう考えても、新たな出発の場所ではなく、行きついたさいはての土地、という感じがした。

〈歯を立てし、林檎に痛き、血の赤さ〉

というような俳句を作ったりした。まさに痛みであった。私の原罪みたいなものを歌ったつもりである。神と響子に対する、一方的な裏切りみたいなものが、時々私の胸を襲った。ここはエデンの東、追放の地、という思いが強かった。

生きる気力が湧かなかった。過去にばかりこだわり続けた。神は遠くへしりぞき、自殺を考えるようになったのも、この頃である。

若牧師やＫＫＳの何人かの人たちとは手紙を交換したが、響子には手紙を書かなかった。何か不用意なことを書いてしまいそうで怖かった。日記にも、この頃、彼女のことは書かれていなかったはずである。

中村とのゆききは多くなったが、大学の友人は出来なかった。作るつもりもなかった。その分、文芸部のかつての仲間との手紙のやりとりが多くなった。牧野は一年浪人して外大に行くといい、浜崎は東京へ出て来たいといい、島は船員学校に入ってマストに登っている、と書き送ってきた。

――こうして、煙草屋の二階の下宿で、私は孤独な、後ろ向きの生活を送っていた。武蔵野の黒い荒々しい土は、私の心をなぐさめるよりも、いよいよ深く関西への郷愁をかきたてた。響子と過した日々に対する痛いまでの想いは、そういうものとわかちがたく結びついていた。

かつて高校三年の文芸部の雑誌に「潮の音」という短い作品を発表した。その中で、私が偽善者の意識を持ちはじめたのは、教会の中で一人の女を愛しはじめたからだ、と書いた。刷り上がって間もなくの土曜日、この雑誌を響子に贈呈した。十月の上旬、洗礼を受けて、しばらくの後だ。多分、私が洗礼を受けたことに対する、一つの確認みたいなつもりで、彼女に見せたのだと思う。

翌日、礼拝の後、響子は、作品の中の女は誰だと問いつめてきた。やはり同じ、礼拝堂から出てくる廊下のあたりだ。壁にもたれ、というよりは壁に貼りつくようにして、私を見つめ、彼女は黒い野性的な目を光らせた。

「ねえ、あれは誰……」

私はへどもどしてしまった。

その時はだからいい加減な返事をしたと思う。小説はフィクションであって、ストーリーの展開上、どうしてもそう書かざるをえなかったのだ、とかなんとか。彼女は少しも納得したような顔をしなかった。そんないい加減なことをむにゃむにゃいっている私を、じっと見すえていた。

教会の中で愛しはじめた女というのは、響子でしかありえない。現にその作品の中でそう書いたけれど、愛しているのかどうか問いつめられると、自信はなかった。自信はなかったというよりも、最後まで彼女とのことが愛であったかどうか、今もって確信が持てない。

それを問いつめる響子もどうかしている、それは彼女に決まっているのだから、とその時思った。私に愛を告白させて、どうするつもりだったのだろう。そのことについて話し合おうという覚悟があったのか。それほど彼女は大人だったのだろうか。それとも娘らしい一途さで、ただ私の気持を、真実を知りたかったのか。――彼女の真意は、ついに永遠の謎で終わりそうだ。

しかし誰が読んでも、作品の力点はそこにないことはわかったはずだ。全体は偽善者の意識で埋めつくされていて、その原因として、書かれてあったはずだ。だから私の方では、彼女に雑誌を手渡す時にも、そんなことが書いてあったなどと、うかつにも忘れていた。こんな風にいきなり問いつめられて、響子の前で立ち往生してしまったものである。

大学一年の夏休み、大阪に帰ってきた私に、響子はひどく優しかった。東京の話をいっぱい聞きたがった。

小会堂の椅子に並んで腰かけ、彼女は私を放さなかった。オルガンの前の、庭に面した窓ぎわの椅子だ。ここでは日曜学校が開かれていたので、子供たちの絵などが貼ってあり、現にその時も子供たちが出入りし、彼女が声をかけたりした。この情景はその後、私の夢によく出てきた。

「ここで待っててね」

彼女はそういって牧師館に帰って、財布を取ってきて、私たちは出かけた。商店街を歩きながら、しきりにフランス語の話をしていた憶えがある。喫茶店に入ると、教会の仲間が何人かいて、私たちはその近くに座った。

「カフェ」

などと彼女は注文して、笑い合った。ここでも、数ヵ月間の互いの大学生活を、いきせききって報告し合った。私の自炊生活が、料理が、話題になった。

この夏休み、響子がうんと身近にいるような感じの時があった。しかし、それでいながら、一年前の夏とは違う、ずいぶん離れている感じの時もあった。互いが互いの道を歩きはじめていて、どことなく大人のつき合いという、用心深さみたいなものが、基調をなしていた。

そういう感じの記憶は残っているのに、最初の日以外、具体的な記憶は残っていない。私は一夏、かつてのようにひんぱんには、教会へは行かなかったらしかった。

第一に、大学の初めての夏休み、私は大変に忙しかった。

伊丹空港の米軍キャンプで、網戸をつけるアルバイトをした。浜崎建具店で請負った仕事の手伝いだ。かんかん照りつける夏の太陽を全身に浴びて、材木を積んだリヤカーを汗みどろになって押した。アスファルトの道路は柔らかくなっていて、それは大変な力仕事だった。これは二十日ぐらいで終わったが、夏休みの前半はアルバイトでつぶれた。

後半、そのアルバイト代で、浜崎と二人、志賀高原に出かけた。万座《まんざ》温泉から白根、横手、熊ノ湯に泊り、志賀高原を縦断して、発哺《ほっぽ》温泉、翌日岩菅《いわすげ》山に登り、最後は湯田中《ゆだなか》に一泊と、一週間ぐらいの旅だった。

しかもその間、こちらの方も待ち受けていた文芸部の仲間とひんぱんに会い、夜の盛り場をうろついた。また文芸部の顧問であった小河先生を中心に、読書会も計画していた。

しかし、教会へあまり行かなかった真の理由は、そういうことではなかったと思う。私は再び神を見失っていた。見失っていたというよりも、はっきりと無神論者の道を辿りはじめていたのではないだろうか。少なくとも、その別れ道に立っていて、意識的に、神を否定する方を選ぼうとしていたのではないだろうか。

ブーメランが遠くへ飛び過ぎて、戻る方向を失ってしまった、というのではない。ブーメランは今でも飛んでいる、と私は思っている。だからこの時は、自分の意志として、響子と離れがたく結びついている神を、拒否するということを模索していたと思う。しかしこれは成功しなかった。神は、響子と共にあり続けた。

「神を信じないからといって、女を愛する資格がないとでもいうのか」

というような、たたきつけるような言葉が、日記に書かれたのもこの頃のはずだ。私の内部での、神と響子の共存は、最早限界に達していた。

東京での学生生活も、後ろ向きばかりではいけなかった。なんとか身を入れて、前向きのものにしなければならなかった。私の心中、未整理な問題が多過ぎた。大学、小説、響子、神……四頭立ての馬車の、それぞれの馬が、勝手な方向に走り出して収拾がつかない、というような意味のことも書いている。

後半の信州旅行は、その意味でいい思索の時間になった。谷川の音を聞きながら、夜の露天風呂に入り、月の光を浴びて、私はいくつかの決心をした。

「君は南国のバラ」の構想が、この時に芽生えた。響子とのことを、そもそもから書きはじめること、それによって自分の内面の成長と変化を跡付け、意味づけること……それが一つであった。

夏休みが終わって、再び東京の下宿生活に戻った私は、響子に手紙を書いた。考えた末の行為である。

「秋は水の底です。今日銀座を歩いてきました。僕は今しみじみと感じています……」

私は響子に、愛の告白をした……はじめて、神の問題を抜きにして、ただそれだけを、語りかけるような調子で。

彼女から返事は来なかった。この手紙はなしのつぶてに終わった。

出す時の私の心の一部に、この手紙がなしのつぶてに終わることを予感している部分があった。

これが私の一人芝居であることを予想している気持があった。なぜそう思ったのかわからないが、私自身、愛の告白というような行為に、非常な違和感があったことは確かである。

恐らく、響子はとまどったのではないか。私に愛を打ち明けられるというようなことが、彼女にも違和感があったのではないか。だからどう返事を書いていいのかわからなかったのではないか、と思う。教会の廊下で、あの作品の女は誰とつきつめられ、私が立ち往生をしたように、彼女も返事のしようがなくて、困ったのではないだろうか。

当時、響子の夢をよく見たが、そんな夢の中の彼女が、かわって返事をした。

「わたしを愛しているといって、どうするつもり、わたしもあなたもちっとも変わらないじゃないの。どうにもならない問題が多すぎるし、それはやっぱりどうにもならないと思う。……わたしは結婚なんかできないわ」

夢の中にしろ、結婚という言葉が出てきて、私はびっくりした。こんなことは考えたことがなかったし、潜在意識の中にこんな言葉があったにしろ、響子との間では、この言葉はこれが最初で終わりである。

〈おかしくて、やがて哀しき、……ピエロかな〉

どこかで聞いたような、こんな俳句を作っている。この後も、私は教会へ行ったから、同じようなやりとりは何度かあった。しかしそれはいよいよ道化芝居であった。

大人の男と女の関係にならないまま、響子との友情のようなものは続くが、そのうち私は、めったに教会には行かなくなってしまった。


――去りがたく、私はまだ暗い牧師館の廊下にたたずんでいる。彼女と一緒に手をかざした火鉢に腰をかけ、ぼんやりと煙草をくゆらせた。

右側の食堂も、もぬけのからだ。がらんどうの古い大きな水屋だけが一つ残っている。道路の外灯に照らされたリノリウムの床が、ぼんやりと明るい。そこは青白く、まるで水の表面のようだ。

一日中教会に居て、ここで、時には桜子さんの作るサンドイッチとか、カレーライスとか、軽い昼食を御馳走になった。それだからというわけではないが、いろんな意味で私はここには借りを作り過ぎていた。いろんな人の借りが、教会をこんな風にしてしまったに違いない。いろんな人の借りの負担に堪えきれなくなって……。

教会が解体されたことを後で知った人は、私は勿論だが、多くの人は、自分の所為《せい》でそうなったのだと感じるに違いないと思う。解体を知った最初の私の怒りの中には、多分にそういう悔根が入っていた。

受験の直前、この部屋で若牧師に、国際キリスト教大学のパンフレットを見せられ、入学をすすめられたことがある。一期生を募集していて、推薦入学があった。教会から推薦してやろうというのである。

この時、受ける大学をすでに決めていて、牧師の申し出をことわったが、長い間、それが心に残った。……もし、その大学に入っていたら、私はクリスチャンのままでいて教会にとどまり、ひょっとして響子と一緒になっていたかもしれない、という別の人生の可能性が、私を熱くするのだ。

しかし、果してそんな可能性があったのだろうか？……これは、もう一度生き直してみないとわからない。もう一度生き直して、彼女に聞いてみないとわからない。

ここは暗くて、時計の針が見えないが、夜明けはもう近いだろう。だから時間はあまりないのだ。急いで三十年の歳月を引き返して来なければならない。

燃やし方の知らないまま、不完全燃焼、未成熟な愛は、その後も私を悩ませ続けた。俺は一生、女性を愛し、愛されることはないのではないか、という思いが定着した。その後何度か恋愛に失敗し、私は女性に対し、いよいよ臆病になった。ことに、愛し愛されるなどというのは、文学の作り出したフィクションではないか、と今も思っているふしがある。

欲求不満の大学の四年間、クリスマスは私に特別の感情を抱かせた。十二月の中頃からのその期間、教会の扉はいつも開いていた。そしていつでも響子に会える、行きさえすれば、とにかく顔が見られる。

寒風の中で、街にジングル・ベルが鳴り、東京では、大学が渋谷にあったから、東横デパートがクリスマスのデコレーションを始めると、私はそわそわと浮足だった。道玄坂のクラシック喫茶の「ライオン」に入り、モーツァルトのレクイエムなどを聞くのであった。

クリスマスは今でも私に救いだ。街を歩いていて、どの教会でもいいから、ふらふらと玄関を入りたくなる。椅子に一人座って、現在の自分を忘れたくなる。もう一度、神と対面してもいいように思うのである。

――今、食堂の壁に向かって、私は立っている。「最後の晩餐」の絵のついた大きなカレンダーの貼ってあるのが、外灯の光でかろうじて見える。確かにここは、つい最近まで、若牧師夫妻の家庭だった。

若牧師?……甲田隆志牧師は、現在いくつぐらいだろう。あの時生まれた長女の芽生《めい》ちゃんが、二十六か七になっているはずだから、その子さえすでに結婚して、隆志牧師にはもう孫ができているかもしれない。
十四、五年前に、桜子さんから手紙をもらった。巻紙に毛筆で書かれた、美しい文字の手紙だ。大学を卒業し、就職し、結婚し、子供ができていて、手紙をもらったのは、教会を去ってから、十年ぐらいが経過した頃である。

大阪の南部の、私の住んでいる団地に、たまたま教会の人が越してきて、散歩した折に、私の家の表札を見たらしい。——私は教会へ出かけた。

その時教会は、隆志牧師の代になっていたが、それほど大きく変わっているようには思えなかった。桜子先生が保育園を始めているということだった。「教会も多角経営ですね」と、私は当たりさわりのないことをいった。それは今、大きくえぐり取られている右手の、かつて小会堂だった部分を改造して開かれていた。

礼拝の後、牧師館でコーヒーをいただきながら、当時のKKSのメンバーの近況などが語られたが、私は現在すっかり忘れてしまった。ただ響子のすぐ上の兄が、写真館に勤めていて、同じ職場に、私の親戚の者が勤めているという話題があった。カメラマンである彼女のすぐ上の兄さんのことが、今頃記憶の底から浮かび上がってくる仕末だ。

この時、響子とのことを知っている牧師夫妻は、注意深くその話題を避けていたみたいである。私の初恋は、大学一年の時に、事実上終わっていた。しかし、実際にその時、響子の名前が出てくれば、私は多少顔がこわばったのではないだろうか。心の痛みは、十数年の後にも、完全にぬぐい去られていたとはいえなかった。

10

今、私は礼拝堂の床に座っている。

――四時半だ。

ネクタイを引きむしり床に投げ出して、ワイシャツの胸をはだけ、靴を脱いであぐらを組んで、私はまだここにいる。瓦の散乱したほこりっぽい床に、屋根の破れ目からもれる月の光を浴びながら。

五時になると夜が明けてくるだろう。今日もまた、ほこりを上げてP＆Hはめりめりと壁を破り、屋根を落とし、解体の作業が開始されるに相違ない。本当に、いつまでもこうしてここにはいられないのだ。

二週間もすれば、この教会の建物は消えうせるだろう。それから何日かすれば、庭木も基礎も、何もかも無くなるだろう。ネットフェンスの張りめぐらされた、ビルの間の四角い空地が残るだけである。

先程、もう一度、塔の下の花びら型の入口や繰型のある、ＫＫＳの小部屋や、礼拝堂を見降ろせる二階のギャラリー、かつて日曜学校や聖書研究会の開かれていた小会堂……最近まで保育所に使われていて、赤ちゃん用のオマルの取り残されている、壁も屋根も三分の一ぐらい解体の進んだ……小会堂、それからその他の部屋、暗い廊下、「日曜礼拝式、甲田牧師」その横に「初めての方も御遠慮なく来会して下さい」と書かれた立て看板の残っている玄関、玄関の脇の便所まで、あらゆるものをしっかりと記憶の映像に焼きつけておこうと、時間をかけて廻った。

真っ暗な階段を足場を確かめて降りながら、礼拝堂への入口に続く壁に手を触れながら、窓枠に腰かけながら、そっとドアを押しながら、私はその一つ一つをいとおしんだ。

もうすぐ無くなってしまうのだ。この総てが、無くなってしまうのだ。もうすぐ……私の青春が。そういう内心の声にせかされて、しだいにあせりだし、見忘れたところがあったら引き返し、闇の中を手さぐりで、階段を廊下をうろついた。

しかしある時不意に、そういう自分の行為の無意味さに気づいた。三十年前の時間と融合しながら、にぎやかな追想の中をさまよっていた状態が、突然に変貌してしまった。ざわめきが遠ざかっていき、にぎやかな過去が色あせ、次々と森の奥へ消えていく。――森の中は再び静まり返ってしまった。

気がつくと、ここには解体されはじめた、かびくさい、古びた教会があるばかりだった。なんのへんてつもない、木造家屋の、解体現場だった。

教会の隅々に満ちていた、さまざまの思い出は、たとえ一つ一つの記憶は確かであったとしても、どの程度、高校生の自分やまわりを追想できたかというと、これははなはだ疑問である。

あせりや苛《いら》立ち、そこにあるのは青臭い考えと、センチメンタリズム、当時の私を悩ませ続けていた性にいろどられた欲求不満と空想、それから神の問題、祈りと救い。なによりも、響子に対する憧れとあきらめ、彼女の心を知ることができないつらい思いは、もう一度あの時代に生き返り、やり直してみないと、とうていわからないだろう。

すべての記憶の遠のいた今、ここにあった過去は、厳然として過去であるという、当たり前の事実に、強く心を打たれた。

私はすっかり疲れきって、夜明け前の礼拝堂の広々とした床に、ぽつんと座り込んでいる。今夜、この教会を自分だけのものにできたことを、正面の壁の十字架に感謝しながら……。結局のところ、この教会は有限だった。それもごく限られた範囲で。ビル化の波に洗い流され、今、根こそぎなくなろうとしている。しかし教会が残っていても、私は生涯ここへ帰ってくることはなかったのではないか、そんな気がする。……何度も記憶の中の教会に戻ったとしても。


……復活祭には花を持ってきて下さい。花いっぱいの復活祭、教会を花いっぱいにしましょう……。

今、響子はオルガンをひいている。明日の復活祭のための練習だ。掃除が終わり、礼拝堂の飾りつけをすませ、ＫＫＳのメンバーは、野々宮君も高木さんも、その他の高校生たちも帰っていった。

モップで水拭きのすんだ黒々とした床、天井に張られたレースや、花で飾りつけられた礼拝堂、土曜日の夜である。

長髪が板につきはじめた、グレーのセーターの私は、オルガンの彼女の脇に立ち、曲の注文をつけている。

「つぎ、メンデルスゾーンの春の歌、ひいてくれる」

高校生の響子は、大きな楽譜をくった。彼女は薄茶色のセーターを着ている。丸い胸のふくらみのところに白い模様があり、それが小熊の胸毛を連想させる。……彼女はえくぼを作って私にうなずき、野性的な黒い目を光らせ楽譜に向かった。やがて響子の指の下から、次々とはじけるような、春が生まれはじめる。

――心なしか、柱列の向こうの、建具のないアーチ型の窓の外が、九月の夜明けの光に、白みはじめていた。

第二部　夏の名残りの薔薇

1

一九五六年夏から、後半を始めたいと思う。

「わが心の森ふかく」と一部だぶっているが、どうしてもそこから始めたい。昭和三十一年の夏は、私には一つの分岐点に思われる。

家捜しをして、日記類や当時の資料を整理した。第一部「わが心の森ふかく」は記憶だけで書いたので、ずいぶん間違いがあるが、それはそれなりの理由があるので、そのままにしておこうと思う。何もルポを書いているわけではないのだから。「夏の名残りの薔薇」と名付けた後半の部分と、重複したりくいちがったりする個所も出てくるが、やむをえない。

もはや戦後ではないという言葉が流行したその年、国内は神武景気。東欧と中近東で、ハンガリー動乱とスエズ動乱があった。

戦後最大のメーデーが行われ、南極観測船「宗谷《そうや》」が出帆した。東大技術研のカッパ・ロケットが発射に成功し、電気洗濯機、テレビが出廻りはじめる。ドン・コサック合唱団が来日、相撲は栃・若時代、メルボルン・オリンピックでは古川が平泳ぎで優勝する。

太陽族と挽歌《ばんか》と、売春防止法と勤評と、水俣《みなまた》病と砂川事件と、住宅公団第一回入居募集と週刊新潮登場……、そして日ソ国交回復、とにかくそういう年だ。

私と同様、時代も一つの分岐点に差しかかっているのがわかる。今は、間違いなく、その時から続いている。その時に選択し、現在がある、という感じの年だ。

七月の七日頃、そして朝の十時頃、私は大阪駅に降り立った。

夜行列車で東京から帰って来た私の目に、夏の白い太陽に照らされた大阪駅前の風景は、いかにもまぶしかった。初めての大学の夏休み、初めての帰郷……。

右手に中央郵便局、正面に第一生命のビルと阪神百貨店、といってもその間に広い空間があって、戦後の闇市のバラックからあまり変わっていない汚い木造の商店が、低い軒をつらねてびっしり建っていて、その上に青い空がひろがっていた。左手に曽根崎警察の古いビルと阪急百貨店。

市電が何台も停車していて、着いたり発車したりしているが、昼前なのでがらがらだ。

洗濯物を入れたボストンバッグを持って、私は「月光」か「銀河」から大阪駅のホームに降り、そこから最短距離の階段を下って、涼しい地下鉄に乗り、大国町で地上に出る。夏の陽の照りつける道を、汗も拭かずにわが家に急いだ。

大国町のあたりは靴屋が多かった。土間に座った人が、木の切り株の上になめした革を置いて、鉄のタガネを当て、上から木槌《きづち》でたたいてくり抜いているのが、明け放した門口から見える。

関西線の踏み切りを越えたあたりから、まだいたるところ焼け跡が残っていた。市電の通りに出て、陰になった栄小学校の裏を通り、十三間堀《じゅうさんげんぼり》川の土手に上る。

橋を渡ると、やはり焼け跡の中に崩れかけた家が、夏草の中に見える。坂を下り、家の裏に廻ると、おふくろが洗濯物を干していた。

「ただ今」

「お帰り」

おふくろはまぶしそうな顔をした。

「ちょっと眠るわ」

私はそういって家の中に入った。

「布団、敷こか？」

「ええわ、タタミの上でごろ寝する」

「下着、着替えるか、ランニングとパンツ」

母はそういって、先に六帖に入りタンスを開けた。夏は家の中では私はいつもその恰好でいた。

台所の冷たい水で顔を洗い、ついでに上半身裸になってタオルで身体を拭いた。枕だけあてがい直にタタミに身体を横たえる。東の窓から、蟬の声と、わりあい涼しい風が入ってくる。

一晩中、夜汽車に揺られてきた身体中にしみついた疲れが遠ざかり、世界がぐらりと傾いて、大阪のわが家にいる安心感がたゆたいはじめる。手足がしびれ、久しぶりの快い眠りがしのびよってくる。

日曜朝の礼拝が終わって、奏楽をしていた響子がオルガンの前を立ち、窓側の通路を歩いてくる。

「お帰り……」

「ただ今…」

私たちは同じような挨拶をし、彼女はえくぼを作って、にっと笑う。

「いつ帰ってきたん？」

「きのう」

「……ちょっと痩せたん違う」

「五キロ痩せた、自炊なんやけど」

「ろくなもの、食べてないんでしょ、料理するのがめんどうで」

「それもあるけど、水道もガスもなくてね」

「武蔵野て、そんなとこ、……じゃツルベで水を汲むの」

「まあ、手押しポンプはあるけど」

「ふうん……なんかしら雰囲気あるなあ、水は冷たいやろ」

「まあね、井戸は深いらしいから」

私たちは窓ぎわの狭い通路に立って話していた。

彼女は腰まで窓のある壁にもたれ、私は椅子の背にもたれ、向かい合っていたが、お互いの距離が近すぎた。生毛《うぶげ》の生えたむきだしの腕、とがった乳房……、彼女はひどく女くさかった。眠りたりて、そのまま出て来たような私は、多分ひどく男くさかっただろう。それが息苦しかった。

「あっちへ行って、話をしよ」

響子はもう一度にっと笑ってそういった。

この日、久しぶりに教会の礼拝に出た私を、響子は離さなかった。小会堂の、夏の光に輝く庭の芝生が見える、窓の近くの椅子に腰かけ、東京の話を聞きたがった。

その後、喫茶店に行き、お互いの大学生活を、夢中になってかわるがわる報告し合った。

一九五六年八月二十六日に、俺は初恋の人に河童の置物を奥津《おくつ》みやげにもらった。

この夏休み、どういう風になっていたのか、俺自身わからない。

思想的にはまったく無神論者になった。もっとも霊魂の不滅ということは信じているが……。

しかしこの夏休み約二ヵ月、俺は教会に通った。まったく牧師の娘である彼女が目的だった。教会の人たちは親切だった。そして彼女とは親密だった。

しかし俺はいまだにわからない。何がどうなっているのか。俺を友達として扱っているのか、それとも恋人のような感じでいるのか……。

とにかく俺は非常に用心深くなった。自分の感情が自由に活動することを許さなかった。

俺は東京の下宿に帰ってから、彼女の夢をよく見る。河童の置物を見ると泣きたくなるほど懐しくなる。夏休み中にいった彼女の言葉が、次々と思い出される。

彼女は少年補導員の仕事を一生の目的にしたいといっていた。俺にとって、そんなことはどうでもいい。それがどうということはない。なんなら俺も一生それを手伝ってやっても良い。

彼女はフランス語に美を見つけ出すことはできないといった。

'cafe'

奥津……俺も行きたい。

勿論、彼女と一緒に……。

彼女はそこで黄昏行く大山を望みながら、露台の椅子で、俺のモーパッサン短編集を読んだといった。

本当に俺を愛してくれさえしたら……、まったく、俺にこんな純粋な感情があろうとは……。

俺は当然それをセンチメンタルに片づけた。

もうなにも欲しくない。その懐しい思い出さえあればよいのだ。その懐しい思い出さえあれば……。

だがもし彼女が俺を愛してくれていさえすれば、俺は神だってなんだって信じてみせる。毎日だって祈ってみせる。

しかしこんなことを書くのはもうよそう。これは少女趣味的なセンチメンタルだ。

こちらへ来る前の晩に、彼女が夢に出て来て俺にこういった。いまだにその言葉の意味がわからない。夢の中では成程と思っていた。起きてすぐに書いたから、これは夢の通りだ。

「私を愛しているといって、私を恋人か情婦にでもするつもりなの、もしそうなったとしても、私もあなたも少しも変わらないじゃないの、私は一生結婚なんかできないわ」

夢通りだといっても、比較的の話だ。もし俺が夢になんらかの意味を認めるとすれば、これは彼女の気持を、無意識のうちに感じとった結果といえる。


変色した日記の、九月頃にあたるところに、ぽっかりとこの記述がある。いくら捜してもその年の夏休みの記録はこれだけだ。

だからやっぱり大部分想像力に頼るしかない。日記その他、今手元にある資料からの推理と、三十年前のあやふやな記憶をもとに、想像するしかない。

それにしては、日記にある、

〈この夏休み、どういう風になったのか、俺自身わからない〉

〈とにかく俺は非常に用心深くなった。俺は自分の感情さえ自由に活動することを許さなかった。〉

この用心深さはどこから来たのだろう。

〈俺は思想的にはまったく無神論者になった。もっとも霊魂の不滅は信じているが……〉

このせいだろうか。

しかし、

〈だがもし彼女が俺を愛してくれていさえすれば、俺は神だってなんだって信じてみせる。毎日だって祈ってみせる。〉

等と書いているから、その程度のものだ。

この他、手がかりになることをいくつか書いておかなければならない。

資料の中にルーズリーフの綴《つづ》りがある。大学の講義は各学科ごと一冊ずつノートを作るのではなく、このルーズリーフ一冊ですませていたらしい。学期末にそれをばらばらにして、学科ごとに綴じ直して、編集していたのだ。

したがって、それは覚え書をかねていた。日記に書かないような短い断編がいくつか残っている。当時の私の精神のありどころをさぐるのには、日記よりいいかもしれない。

〈友人を作らなければ。

しかし私は他人との関係は作りたくないと思っている。

だが、孤独を捨てなければ……〉

大学に入って、私は孤独を守り続けていた。大学に対する失望は、そこへ集まって来た学生に対する失望と重なっていた。

だから響子に話した大学生活も、このことは含まれていたと思う。

〈現代の学生は、何者をも信じない。〉

しかしそれは彼らの責任ではない。

彼らは軍人と共に？　戦火をくぐり抜けて来たのだ。〉

〈妙な方法で、妙なものに妥協してはならない。

つまり大人になってはならない。〉

幾人かと話し合ったクラスメートに、私は変な大人を感じたらしい。私の大学には貧しいアルバイト学生が多かった。彼らに、夢を感じなかった。

〈自意識ほど嫌な感情はない。それを捨てた時にのみ、人は幸福になれる。〉

〈正しいことは皆から認められない。しかし正しいことは正しい。歴史がそれを証明する。だからこれは歴史的真実である。

もし正しい者が人生で敗北するとなると……〉

〈信じる以外、いったいどんな真実がありますの〉これは女性。

こういう言葉の中から、現在も私の精神の中に残るいくつかの痕跡を見ることができる。

〈……夜の構内、小雨、霧、かすむ外灯、細く光るレール、濡れたプラットホーム……、小説は雰囲気である。〉

これなどは今も根強く私の気持として残っている。

これらの中に、次の言葉が書かれていた。響子とのことがメモとして残っているのは、その数ヵ月でこの部分だけである。

〈電話口にて、

「君、今なにしてんの……」

「ほっときいなあ！　あんた、いつでもそんなこと聞くなあ」〉

こう書いた後、響子、君は勝気で高慢だ、というような文章がなぐり書きされている。この電話はいつのことなのかわからないが、よほど頭に来ていたのだろう。何ヵ月も経過してから思い出して、一人で腹を立てているような荒っぽい字で、その後の文章は判読ができない。

響子との関係の中で、この要素が大きかったのではないか。主導権はいつも彼女の側にあった。なにかちょっとした言葉が彼女の怒りを爆発させ、私は訳もわからず立ち往生させられるのだ。

こういうこともあった。東京へ発つ前の冬、喫茶店で、何人かいる中で、響子はマッチをすった。

「目をつぶって、これを消してみて……」

私は目を閉じて、彼女の手の燃えているマッチを、慎重に吹き消した。

そうすると彼女たちはきゃっきゃっと笑った。

「それが、キスする時の顔やて……ものすごく真剣な表情やったわ」

私は呆然《ぼうぜん》としてしまった。それから赤くなった。まるで晒し者ではないか……。私はこういうことは苦手だった。さらりとかわせなかった。

しかしこういうことを思い出してみても、その夏、久しぶりに響子と会っていて、なぜそれほど用心深く臆病になっていたのかわからない。

何度目かの集会の時、私は彼女に『アンナ・カレーニナ』の本を貸した。そしてこんな風なことをいった。

「世界文学の地平線に、トルストイという巨大な山脈がそびえている。しかしその山脈に登ると、その向こうに今まで見えなかったもう一つ巨大な山脈が横たわっているのを知る。それがドストエフスキーということらしい。

しかしぼくの場合は、その逆で今頃トルストイを読んで驚いている。君はトルストイから入る方がいいんじゃないか」

とにかくその夏、十九歳の私と、十八歳の響子は（彼女は早生れだった）大人に成っていた。

私はいよいよ文学青年に、そして彼女は、そんな青臭い私に影響されなくなった大人に……。

ただこういう違いの中で、なにがどうなっていたのかわからないけれど、この夏は、二人はひどく親密だった。

資料を整理していて「わが心の森ふかく」の中のいくつかの記憶違いを、ここで訂正しておく必要があるように思った。

彼女から旅行土産の置物をもらったのは、高校三年ではなく、大学一年の時だった。彼女に誕生祝いを渡したのは、これも大学一年の冬ということになる。したがって、これらの行為の持つ意味は、第一部で書いているのと若干違っている。

次に牧師館の座敷で、火鉢をかこみながらトランプをしたのは、これも高校三年ではなく大学一年の時だ。子供っぽい遊びのために、これも錯覚していた。高校三年の時は、彼女の部屋でトランプなどをしたのだ。彼女のすぐ上の兄さんが写した、その時の写真が残っている。この時、大学受験用の写真も彼にとってもらった。

日記やノートや手帳、その他いろんなメモが出て来て、とうてい書き切れない。整理しきれないし、整理したところでつじつまが合わない。現実というものは、大変に無秩序なものだ。ある程度事実にそって書いているこの第二部も、それはある程度であって、これは事実とまったく違うものにならざるをえない。

この秋、私は手紙で響子に愛を告白した、と「わが心の森ふかく」で書いたが、そういう事実が、資料から出て来ないのだ。もちろん手紙の控えなど残っていることは考えられないのだけれど、そういうなんらかの形跡があってしかるべきだ。

一九五六年（大学一年）の夏から秋へかけての記録が何も残っていない。日記もそのあたりの日付が抜けている。だからこの期間の空白を埋めることができない。

ところが冬休みの様子が、ぜんぜん違っているのだ。夏休みは、待ちかねたようにあんなにいそいそと教会へ出かけたのに、冬休みは大阪へ帰ってからもなかなか教会へは行かないで、ひどく逡巡しているのだ。

ただ、「君は南国のバラ」というタイトルで、南紀での思い出を中心に、小説をこの頃書きはじめたと、第一部では書いているが、これは事実であり、百数十枚の原稿は今手元にある。このために日記を書かなかったということは考えられる。

記録が抜けているといえば、高校三年の正月過ぎから、大学入学の春までの数ヵ月も日記が空白である。これは当然受験勉強と入試のためであろう。

しかしこのあたりの資料を整理しているうちに、私は別のことを考えはじめた。今、もっとも蓋然性のある解答に行き当たって、全体を捕えたような気がしている。

東京へ行くにあたり、響子と神の問題に対し、清算したつもりであったのではないか。東京行きは、そういう意味も含んでいたのではないか。

これは私の内面の問題としてだけではなく、東京の大学へ入ることは、大阪でのそれまでの生活環境と一応決別することであり、私はそれを選んだのだから。

こういう風に気持を切り替えていたとすると、夏休み大阪に帰って、私は教会に行きやすかったに違ない。いわば客のような顔をして、いそいそと。

ところが事情が違ってしまった。響子はかつてないほど優しく、私は大人の恋をしてしまった。その夏休みは、三十年経っても忘れられないような日々になってしまった。三十年後の現在、これをもう一度書こうと思うのは、その夏があるからだ。

しかもやっかいなことに、これは具体的な記憶としてではなく、潜在意識、潜在した記憶としてあるのだ。これも第一部の記述の訂正になるが、こういうことでその夏、たがいにどこか用心深く、会う回数は限られていたが、響子とはずいぶん話をしたに違いない。

夜遅くまで教会で話し込んだり、日曜日一日中教会に居て、彼女と一緒に過したりしたのではないか。「その懐しい思い出さえあれば……」というような日々。

再び東京の下宿生活に戻って、私はめんくらってしまった。夢中で過した夏休みを、冷静に振り返って、あの日記を書いたのだと思う。こういう前提で読むと、「なにがどうなっていたのかわからない」と書いた意味が理解できる。

そうして秋から冬へかけての沈黙は、このとまどいの延長として捉えられる。その気持を整理するために小説を書きはじめた……。

大人の恋愛が、その夏から始まったということを認識していたかどうか。多分認識していたと思う。私も響子も……。以後の日記の記述は大変に大人っぽい。そして以後の行動はずいぶんおどおどしている。

昭和三十一年　暮
俺は神を信じていないが、女は愛している。教会へ行くべきか？　では、女を外へ連れ出せないか。女は牧師の娘だ。女は俺を愛してはいない。おまけに俺には勇気がない。俺の自尊心が許さない。

顔さえ見られたら！

行くか、行くまいか……。

行かないで自分自身をもっと痛めつけるか？　なにもかも乗り越えて日曜礼拝に出るか？　しかし、牧師やその他の人に会うのは堪えがたい。では、誰にも会わないようにひそかに出かけるか。それは不可能だ。第一それは恥ずかしい。だが、出かけないことは彼女の視野の外に立つことだ。もし彼女が俺を愛しているのなら、それも方便だろうが……しかし彼女は俺を愛してはいない。愛していたとしても、それは時間と共に消滅する程度のものだ。そして響子は、俺が心の底から彼女を愛しているということを知らない。なぜなら、俺は教会へ出かけないのだから……。

しかし俺が自分を痛めつけるために教会へ行かないのなら、それは一層好都合ではないか。

では一体、俺に関してどんな喜びがあるというのだ。灰色の世界だ。東京は灰色だ。そして大阪は頭痛の種だ。

その上、もし教会へ出かけて見て、彼女が愛するに資格のない女性であることを、発見するかもしれない。なにしろ三ヵ月以上も会っていないのだから……。

それに、もし出かけて大きな衝撃を受ければ、それはそれで素晴らしいではないか。

では牧師に出した手紙はどうするのだ……。

彼女はこれを一つの事前工作と受け取ったかもしれない。そんな中へおめおめと出かけて行くのか……もし出かけないなら、それはおそらく彼女の心の中にしこりを残すに違いない。


とうとう風邪をこじらせてしまって、出かけられなかった。俺は軽い気持で出かけようと思っている。

出かけないことの方が不自然ではないか……。人間的なつながりが、俺と教会の間に存在する。神を信じるか信じないかはその次の問題だ。牧師や教会をあなどるつもりはないが、俺は軽い気持で交際仲間の中へ出かければよい。そのうちにどうにかなり、なんとかするつもりだ。

十二月二十三日

これは俺のいつも使う手だ。

偶然をたより過ぎる、偶然を……。

しかし、ひょっとして響子は俺を愛しているかもしれない。俺が行くのを心待ちしているかもしれない。

同日

俺はクリスマス、とうとう教会へ行かなかった。

十二月二十五日夜

しかしやはり行くだろう。

十二月二十九日

日記が残っているものについては、できるだけそれにそって書いていきたい。

響子への思いを、こんな素直に書いた部分は他にはない。一夏、本当に彼女が好きになってしまったのだ。九月の日記のとまどいと、十二月のこの激しい迷いと思いの間には、それほどの距離はない。

しかし私は、どうしてこれほど自虐的なのだろう。こんな男に、恋愛など、もともとうまくできるはずがない、女性との間がうまくいくはずがない、とつくづく考えてしまう。

〈――俺は神を信じていないが、女は愛している。教会へ行くべきか？〉

こんな簡潔な文章は、今の私にはとうてい書けない。

現在予想する以上に、神の問題は私にとって大きかったようだ。そして神は、はっきりと教会と牧師の顔をしていた。牧師の娘を愛してしまった、ぎりぎりのところに私はいたようだ。

そして多分、これが問題だったのだろう。現在では考えられないぐらい、自分の思想に忠実だったということか……。

今、……それまで私を苦しめ続けてきた神の存在……私の精神の成長に組み込まれてきた神との対面を迫られていた。それは信じる信じないの問題ではなかった。

2

俺は誰に恋をしていたのか？

桜は最早その影をもとどめない。響子はどうやら、俺に大人の愛情を示しはじめたようだ。しかし俺は一体誰に恋していたのか。

彼女は元の彼女ではない。彼女が元のままであっても、俺は成長している。俺の心の中の彼女も成長している。俺は何を求めたらよいのだ。俺の情熱は、愛情は……。

響子はどこへ行ってしまったのだ。彼女は最早永遠に存在しない。彼女は消えてしまった。だが、俺の見あやまりではないのか。……そうであってくれたら俺は救われる。

十二月三十日

期待と恐れが大きかったから、失望と落胆も人きかった。イメージの中で響子を育て上げ過ぎ、現実との落差に愕然《がくぜん》としたらしかった。

しかしこれには原因があった。

昭和三十二年如月《きさらぎ》

一ヵ月の心の空白を埋めるために、私は書かなければならない。

私は大阪に帰っていろいろと考えた。教会へ行くべきか、行くべきではないか……。だが、結局私は出かけた。

その年最後の日曜日、私は少し早目に教会へ行った。響子はストーブの前のベンチに座っていた。私は牧師さんに挨拶して、わりあい落ち着いている自分に満足しながら、彼女の方に歩み寄った。彼女は黙って身をずらせて、自分の横を空けてくれ、私も黙ってそこに腰かけた。

響子は髪をばさばさにして、寝不足の顔をしていた。おまけにまるでかまいつけないその服装は、やぼったい色の田舎娘のような感じを与えるものだった。以前感じられた、勝気とか、弾き返すような力、張りは彼女には感じられなかった。

響子の感情的な距離があまりに近いので、私は驚かされた。彼女はまったく私の中に同化して来た。まるで他人という感じがしなかった。

礼拝がすんでからも私たちの話は続けられた。響子は私と二人きりになりたい気持をほのめかした。彼女は百貨店へ買い物に行きたいらしかった。私は昼から餅つきだといった。

「そしたらあかんなあ……」

と響子はいった。

私はできたら行きたいと思った。しかしその時は彼女の魅力の大半は失せていた。だから無理してまで行くつもりにはなれなかった。

夏休みに帰った時は、響子はあまりに成長した女に成り過ぎていて、私はとまどわされた。彼女が腕を上げた時、私はそこに黒々と艶のある脇毛を見た。そこは夏の昼下りの風の吹き通る、教会のアーチになった玄関だった。彼女は髪の毛をかき上げ、不用意に腕を上げた。私はまぶしかった。

おまけに彼女はひどく考え込んでいた。私が彼女に書き送った、勝気で高慢だといった言葉が頭を離れない、と響子はいっていた。そんな彼女の声の調子や表情は、私には悩ましいものだった。

夏休み中の響子の魅力は、完璧に近かった。悩んでいるらしい様子、ひかえめな勝気さ、女に成長した肉体、謙譲からくる優しさ、女らしさ、時々見せるほんの少しの娘らしい陽気なはしゃぎ……私はずいぶん惹きつけられたものだ。

……が、冬休みは、響子はもぬけのからだった。何もなかった。虚脱状態だった。この数ヵ月、彼女は考え過ぎて、そういう状態になった。

その上、彼女は私に身近な愛情を示した。私の中に同化してきた。偶像は崩れ、私は愛情のよりどころを失った。

しかし、響子は正月は家へ遊びに来るように誘ったので、とにかく私は出かけていった。

……俺はやはり響子を愛している。彼女は魅力がある。俺は恋愛ごっこをしているのかもしれない。俺はそれで満足している。だが響子は……。

初め会った時は、変化した部分ばかりが目についたのだ。再び俺は響子を見出し、そしてもう一度彼女を愛しはじめた。

だがその時の俺はもはや変わっていたし、愛し方も変わっていた。俺は余裕を持っていた。俺は自分の今度の愛情を楽しんでいる。

一月三日
記録のこの部分を読み、三十年以上経った今、私は救われたような気持になっている。夏から秋へ、とまどいと迷いの季節の中に彼女もいたのだ。対岸から、この川を渡るべきかどうか……「彼女は考え過ぎて、そういう状態になった」。

忘れがたい夏の日々を過した私と響子は、東京と大阪に離れていても、どうやら同じ精神空間の中にいたらしい。こうしたあてどのない迷いと不安が、彼女を疲れさせ、虚脱状態にさせたのだろう。

しかし、いくら当時の記録だからといって、全面的に日記を信用するのも問題があるようにも思う。その朝、響子は単に寝不足で、多少風邪気味であったに過ぎないかもしれないのだ。ただ、感情的な距離があまりに近いと感じたのは、彼女も同じだったのだろう、とは思う。再会が、響子を立ち直らせた。再会の第一印象が私の気持を変質させたらしかった。

二月九日の土曜日、東京の煙草屋の二階の下宿のコタツの中で、私は徹夜で書いている。響子と過したあの正月のことを。

正月の響子の家では、私は若牧師夫人の桜子さんに座敷に通されると、まず牧師や甲田夫人、そして遊びに来ている人たちに新年の挨拶をすませ、別に彼らと話すこともないので、縁側の椅子に腰を下ろして庭を眺めた。

響子が、茶の間で家族の人としていた百人一首に、私を誘いに来た。私は入るといったまま、なお動かなかった。すると若牧師と友達との間で、引盤のピストルの的打ちが始まった。私もそれに加わった。響子は、百人一首をやめて、こちらへやって来た。

響子の成績は二番だった。私は未経験のために、初めの方でやり損じて三番だった。しかし、私の成績は終わりになるほど良く、響子はそれをいった。私は彼女が女性なのに二番だというのに感心していた。女性は四人居たが、彼女以外は引盤が的にくっつきさえしなかった。

次に輪投げが始まり、これは響子はかいもくできなかった。私の方は平均並みだった。

トランプ……彼女はすぐ私のことを話題にした。私は敏感に感じた。トランプの札をめくって、合ったら相手の名前を差すゲームは、他の人と合った時にも、響子の名前が自然に出てきて困った。彼女も不用意に私の名前ばかりいっていた。

ゲームに飽いて人々が出かけた後、私は一人で占いを始めた。彼女はその時は私の横に座っていた。

彼女は火鉢で餅を焼きはじめた。そのうち餅は全部焼けて、二人は餅を食べ食べ、あきずに占いのトランプに熱中した。……広い座敷には、二人以外誰もいなくなっていた。

それは彼女のよく知っている占いだった。私はその占いにあまり慣れていなかったので、しばしば彼女の助けを借りた。考えれば考えるだけ、占いは良い方へ向かうのだ。……私は少しを残して失敗した。

私はもう一度やり直した。響子は、今度はまったくよりそい、初めから加勢した。二人の知恵でその占いは成功した。彼女はほっとした顔を上げて笑った。私はなにか明るい気持になった。

餅を食べ終わり、今度は響子が始めた。ところが、それが運悪く失敗した。彼女はトランプを拾い集めると、もう一度やり直した。目をくばり、すばやく札をめくり、その上にトランプを重ねていく。勝気らしい目が黒々と光り、時には指を噛んで考え、今度は非常なスピードでき上がった。

私は楽しくなり、あきもせずにトランプを繰ってタタミにカードを並べた。それは非常な苦戦だった。しかし二人の力でどうやら完成した。このゲームがこれほど度々完成するとは思わなかった。

そして次は響子……半ばで夕べの集会に若牧師が呼びに来た。二人は力と知恵のありったけを合わせて、それを片づけた。響子と二人でやればなんでも成功しそうだ。彼女のねばり強さ勝気さは私に必要なものだ。それにしても隆志牧師が呼びに来なければ、二人は何時間も同じことをやっていたかもしれない。

……礼拝堂へ行くまでの夜道、それはあまりにも短かった。私が響子を誘うほどの距離はもっていなかった。

夜の祈禱会の私はみじめだった。私は祈れなかった。響子の細々としてふるえているような、それでいて良く響き渡る祈りの言葉に聞きほれていた。その集会に一人の青年が礼拝に来ていて、その祈りは激烈なもので、ひときわきわ立っていた。

集会のすんだ後、響子はもう一度家の方に誘ったが、私は行かなかった。その青年……私よりはどう見ても男前の、しかも深い信仰を持っているらしい彼は、彼女と牧師館の方へトランプや百人一首をするために、連れ立って行った。

私は一人夜道を辿って家路についた。響子はその夜、彼らと興じて楽しかったのかどうか知らない。

響子は翌日の青年会に来ることを望んでいたが、これも私は行かなかった。

私はあの見知らない青年のために、彼女への愛情をけしかけられ、おまけに嫉妬をいだかされていた。自分の感情がいまいましかった。信仰を失っている私に、勝ち目はなかった。私はかつて高校三年の夏の合宿で、馬場不二雄という男子高校生に非常な嫉妬をいだいた。私はその感情をもてあました。そうなると攻撃的になるよりは、いつの場合にも劣等感にとりつかれるのだ。それにはこりていた。だから今度も本能的に敬遠したのだ。私は恋愛に対しては、以前よりもずっと用心深くなっていた。

その翌日から一週間ほど、私は田舎へ避難した。

きびしい冬の山や川を見てきた。手の切れるような冷たい水で顔を洗った。餅と野菜のいっぱい入ったぞうにを食べた。

そこには年寄り夫婦しかいなくて、かつて特攻隊で死んだという二階の長男の部屋で、私は持参していった本ばかりを読んで過した。その田舎には、獅子舞いなどもやって来た。

猛発山（モーパッサン）から馬類雑苦（バルザック）へ、彼不可（カフカ）から猿徒類（サルトル）へ、これが私の読書傾向だった。そんな当て字を作って一人で喜んでいた。

一月十三日、田舎から帰って、久しぶりに教会へ出た。

響子は私には近づかなかった。しかし、何かの口実……写真代を兄さんに渡してくれといって、彼女に近づいた。とたんに響子と私の感情的な距離はせばまった。

帰りぎわ、教会には誰も居なくなっていた。私は詰腹を切らされたような気持で、彼女を誘った。

その時の様子を、ありありと思い出せる。響子は心理的にぐいぐいと私を追いつめてきた。私は十五日に東京へ帰るつもりだったし、彼女は伊藤忠でアルバイトをしていたから、もう日はないと思ってあきらめていたのだ。

玄関まで来ると、横の通路から響子は玄関の扉を閉めるらしい風で、何気なく出て来た。私はなにか恋愛の義務のようなものを感じた。彼女は待っている。私が彼女を誘い出すのを……。

二人はそこで立ち話をした。もう一人の友達が来たので、彼が立ち去るまで、予想外に長い立ち話になった。その間、響子はどこへも行かないで、私の言葉を待っていた。

とうとう彼が立ち去り、いよいよ私の切腹の番だった。私はなにげなく、ひっかかりを求めて言葉を投げた。案の定、響子はそれを宙で受け止めた。そして追求してきた。半分逃げ腰で、私はついに腹へ刀を突き立てた。そして掻き廻した。

私は少し赤くなり声がふるえ、そして落ち着いた。響子は初めから終わりまで落ち着いていた。さすがに声と、壁にかけようとした手はふるえていたが……。

これが、二年半の響子と私の間の、初めての具体的な確実な言葉だった。

彼女は初め、あいまいな言葉でにごしていたが、やがてしっかりと私と二人で出かけることを承諾した。もうこうなれば、奈良を歩こうが、京都へ行こうが、それは問題ではない。二人の間に、今まで見えなかった橋が姿を現わしたのだ。二人の間に、渡っていける橋が、今はっきりと架けられたのだ。

その後、二人は長い間話し込んだ。まるでその半年間、互いに話し合うことを溜めに溜めていたように……、自分たちに関することを。

心配して若牧師がもう一度礼拝堂にやってきた。二時間以上経っていた。もう一度電話をかけることを約束して、響子と別れ教会を出た。

冬の深夜、家路を辿りながら、吹き飛ばされそうな星を眺めて、私は喜びよりも、何かしみじみと満ち足りたものを味わった。それは困難な仕事をやり終えたような充実感とでもいうべきものだった。


十四日の夜、私は電話をかけた。

長い電話だった。半時間ぐらいかけていたと思う。二人で行く場所を何度も考え、何度も検討した。どこへ行ってもいいように思えたが、どこも満足ではなかった。その間に他の話も入った。

私はその日の夜行で東京へ発つことになっていたし、彼女は風邪をひいているらしかった。だからスケジュールがむつかしかった。無理をしないで今度春休みに帰って来た時に行こうか、といった。響子はその言葉を受けつけなかった。私は内心嬉しかった。

電話があまり長くなるので、と私がいいかけたら、

「あんた、寒いのん」

ときた。電話の言葉は印象的だ。

とにかく翌日の二時、地下鉄の花園町の入口で待ち合わせることになった。

十五日、私は三十分も早くから、そこで待っていた。響子は五分遅れてやって来た。

私は階段の入口に腰かけたおばさんから、地下鉄の切符を買おうとした。

——響子は、行けない、という。留守番がいないから——

「ごめんやで……かんにんやで……」

私は理解できなかった。また理解することを避けた。私はどこかで、大きな誤りを犯していたらしい。

その場で響子と別れ、階段を下り、一人地下鉄に乗って、難波で降り、そして……私は散髪をした。これはなんといったらいいか、大変に散文的な成り行きだった。

二月九日深夜、もしくは二月十日早朝記す

三十年経った今、痛みは今も胸にある。だからこの部分を読み返すのが嫌なのだ。

あの夏休みに誘っていれば、こんなことにはならなかっただろう。その行為に、こんなに意味を込める必要はなかったのだから……私がそうしたのではなく、状況としてそうなってし

まった。

夏からの半年間の溜めに溜めた思いを話し合って、二人の間に橋が架かったと……言葉がある確実さを持って返って来る、という経験を知った直後の、衝撃であった。

あの夏休みに、気楽に誘っていれば、行くにしても行かないにしても、それはそれだけに終わったに違いない。そうして多分違った展開になっていただろう。

以後、いろんな意味の込められたこのパズルのような謎解きに、私は苦労する羽目になった。

そうして、これはかなりの重荷となって残った。

十日の日曜日、短い眠りから目覚めた十九歳の私は、再びペンをとっている。


──私は、響子が拒否した理由を、いろいろ考えてみた。

「行けなかった」

第一に本当に留守番しなければならなかった。

もし本当に留守番をしなければならなかったとしたら、彼女の取る行為はたくさんあったはずだ。家に誘うこと。……彼女は、二人の仲を公然としなければいけない、といった。だから、二人きりだったとしても、家に誘うことは出来たかもしれない。

が、彼女が本当に留守番をしなければならなかったとして、響子は私にことわるのがせいいっぱいで、他のことを考える余裕がなかったとは考えられる。彼女は、私が大阪駅から立つ時間をしきりに聞いていたから、駅まで見送ることだけを考えていたのかもしれない。

しかし私はそれを拒否して、時間を知らせなかった。……だから、本当に留守番をしなければならなかったという、可能性は残っている。

第二に、二人の仲を公然とするために……響子はそれをさかんに強調していた……前夜かその日、家族の人に話をして止められた。

この最も大きな理由として、洗礼を受けている私が不信仰なのを、彼女の家族の人たちは知っている。彼女の父の牧師は一番よく知っているからである。彼女の兄の若牧師は、二人の仲が親密なのを、これもよく知っている。

私が不信仰だという理由以外に、あるいはそれも含め、二人がまだ学生だから、もし二人の愛情が深くなっても、どうにもならない、と家族の人たちは彼女を止めたのかもしれない。これらはおおいにあることだと思う。

第三に、その他として友達等の中傷……二人のことは教会では当然話題になっていた……。

それ以外の予想のつかない理由。

以上は彼女を外部から引き止めたものだ。

「行きたくなかった」

第一に、行きたくなかった。

これは約束したのが昨夜だから、否定することができる。私には、彼女がいやいや約束したとはとうてい思えない。もし心境の変化が起こったとすれば、その原因が問題だ。

第二には、行きたくなくなった。

友達は多いと思うが、愛情を前提にして、二人っきりで外で会うという経験は、多分十八歳の響子にも初めてであったと思う。……彼女は、私がその逢引に、あまりに多くの期待をかけているかもしれないと思って、不安になった。

これは確かに考えられる。しかし勝気な響子が、そんな不安ぐらいで気持を変えるだろうか。

それに、二人の仲を公然としようといったのは、彼女の方だ。

第三、その他……例えばもっと魅力のある誘いか何かがあって、その方を選んだ。

私は以上のように分析して、わからなくなってしまった。どれも本当のようで、しかもどれも嘘のようなのだ。人が信じられないということの問題は、私の人生に尾を曳《ひ》きそうであった。

では私の取るべき行為は、一、東京で教会へ行き、もう一度信仰と取り組む。二、春休みの帰省に、もう一度彼女に試みること。それだけだった。

しかし、今度会うまで、私はいったいどうすればいいのだろう。この傷ついた気持を、どんな風に処理すればいいのだろう。

よく私は、地下鉄花園町の階段の入口附近を思い出した。

銀行の石段で日なたぼっこをしている老人（そこには銀行が四つも軒を並べていた）、街角に立って車の流れを眺めている若者、着かざって映画にでも出かけるらしい若い夫婦（その日は成人の日だった）、地下鉄の階段の降り口で、椅子に座って切符を売っている老婆、まだ何枚か枯れた葉をつけているプラタナスの並木、その根元につながれた自転車、のんびり走る客を拾おうとしているタクシー、冬の昼下りのぽかぽかあたたかい日ざし、ものうい休日の街の騒音、話し声……。

そんな背景の中で、響子は微笑み、あわてて微笑を崩し、かたい心配気な、いかにも困ったような、きびしい表情に戻った。

響子は、髪を乱したまま、ジャンパーをはおり、ポケットに両手をつっ込んで、サンダルをつっかけ、急ぎ足でやって来たのだ。ダスターコートに両手を入れたまま、理知的な毛深い彼女の額の毛の生えぎわを、私は眺めていた。

そんな、いかにも庶民的な感じのする休日の街角で、私は響子と別れた。そして一人、傷心をいだきながら、その日の夜行で、東京へ旅立った。

3

二月十二日（晴）

武蔵野の木立がすぐ裏にあって、そこからでも飛んで来たのか、今朝早くから、鶯《うぐいす》が庭に来て鳴きだした。下宿の庭には大きな欅《けやき》の木があり、そのどこかに止まっているらしいが、二階からその姿は見えない。

晴れ上がった素晴しい朝だ。

どうして響子を愛さずにいられよう。彼女はこんな素晴らしい朝に生まれたんだもの……。

私は窓から身を乗り出し、ちょっと気取っていってみた。

「彼女に祝福あれ……」

今度は声に出していってみた。

「お・め・で・と・う！」

私は愛している、愛している、愛している……。

なんとすがすがしい朝なんだろう。

彼女に私の一日を捧げる。新宿へ出て、一人祝杯を上げよう。

二月十七日（日曜日）

言葉で祈りながら、心の中では
神に……

俺が神を信じないからといって、女を愛する権利がないとでもいうのか……。

武蔵野教会にて
私は東京に帰ると、すぐに若牧師に手紙を書いて、下宿の近くで日本キリスト教団の教会の紹介を頼んでいる。武蔵野教会への紹介状を書いてもらって、さっそく出かけた。

木々に囲まれた、こぢんまりした素朴ないい教会だった。しかし、わかりきったことだが、そこには響子はいなかった。そこへ通いながら、私は彼女のことばかり考えていた。

そうして、今まで何度も繰り返した。同じ自問自答を、ここでも繰り返した。神と愛はわかちがたく結びついていて、むなしい自問自答だった。

私はこの後、彼女の救いについて書いている。驚いたことに、こういう状態の中の、あるがままの響子を認め、そういう彼女を許そうとしている気配である。

二月二十二日（金曜日）

昨日響子の夢を見た。

これは最上に喜ばしいことだ。目が覚めた後も、なおまぶたを閉じて、彼女の夢を追っていた。夢の中で……目を覚ますと響子が横に座っていた。私は嬉しくて嬉しくて、胸をときめかせた。

彼女は、私にはわからない問題があるので、教えて欲しい、といった。ひどく真剣なせっぱつまった表情をしていたが、態度は落ち着いていた。残念ながら、どんな問題だったか忘れてしまった。なんでも二人に関することだった。

それからしばらくすると、響子は私の大阪の家の玄関の間で（そこが私の勉強部屋だった）机の上に置いてあった、ローレンスの『息子と恋人』を読んでいた。（それを読みながら寝たのだ）

その中に、彼女に対する私の愛情を記してあるのだと思って、胸をどきどきさせた。

その後、六帖の間で、私は彼女に自分の日記を見せてやろうと、しきりに捜していたが、それはとうとう見つからなかった。……そこで目が覚めた。

玄関の私の机に座っていた彼女は、いかにもゆったりしていて、女らしく、しかも楽しそうに見えた。私の家に来ているということの、違和感を感じさせなかった。

彼女はどんなつまらぬことの中にも、楽しみを見出すことができる。意識的にそうしている自分を知っている。愛すべき偽善。が、これはあまりに自分の中の響子を育て過ぎて、錯覚してしまったのかもしれない。

それでも私は、響子に救いのないことを主張する。彼女は自分を知っている。彼女はまじめだ。少しでもごまかすことのできる人間、ずぶとい人間には救いはある。しかし彼女はまじめで、自分をごまかすことができない。だから彼女には救いはない。

これが今度の結果になったのかもしれない。私は自分の気持をいつもごまかしていたが、彼女はそうしなかった。今までだって、身の細るほど彼女はまじめに考えてきた。結果はどうあれ、私は彼女のまじめさを疑うことはできない。

目覚めの後の純粋な気持の中で思う。私は、私の残っている誠実さの総てを、響子の救いのために捧げたい。

昭和三十二年（二十歳）初夏

私は、初恋に関しての報告を怠っていた。

この恋愛は初めから終わりまで、私の一人芝居だった。このことを考えるのは堪えられないことだが、この恋愛は私には初恋だったが、響子にとってはなんでもなかった。

私はそれがあってから半年過ぎた今、しっかりとそのことを自覚した。私はようやく最近落ち着きを取り戻したから、はっきり見きわめることができる。が、こんな簡単なことを見きわめるのに、半年の歳月を要したのである。

今から一年数ヵ月前、すなわち初めて東京へ発つ前、私はこれと同じことを自分に確認した。そして今また同じことを確認しなければならない。

一年有余の昔に閉じた幕を、私は未練たらしくもう一度上げて見た。私の恋に、なお一年余りの続編がついた。そして数ヵ月前、その続編の幕がするすると、思い切りよく降りた。で、劇はどういう風に進展したか……やはり同じこと、主人公のトンマ野郎は、女主人公の心を動かせず、一人盛んに道化芝居を演じただけ。

しかし、こんな風に割り切ってしまうと、いやそうではない、事実はそれとは正反対であるという反論が、すぐに私の中でくすぶりだす。

第一、そんなに長い間一人芝居が演じられるものではない。もし相手にぜんぜんその気がないなら、一人芝居の種が切れてしまうだろう。

しかも私はそれを一番用心していたはずだ。人一倍自尊心の強い私のことだ。ことに東京へ出てからの一年は、輪をかけてそれを警戒していたはずではないか。

私が続編を演じたとすれば、むしろ舞台へ引っ張り出された感じが強い。おまけに、あの夜響子を誘った時の雰囲気は、いやに意味深長だった。

彼女は私と行くと約束した後、

「ほんとは、ほかの友達と行く約束やってんけど……その方はことわってもかめへんねん」

と首をかしげて、私の顔を眺めながら、目を黒々と光らせた。その後、いろいろと話し合った、まるでその瞬間を忘れないようにするためのように、別れがたく二時間も。

が、こんなことを考えるとわからなくなるばかりだ。もうこの謎解きには疲れ果てた。いい加減、自分の神経を解放しないと、どうにかなりそうだ。


……春休み、東京から帰って以後のことを書かなければならない。

私は東京から帰ってさっそく教会へ出かけたが、二人はあまり話をしなかった。夏休みや冬休みとは、完全に響子の態度は違っていた。

しかし夜の集会が終わって後、私は新宿で買った誕生祝いを持って、牧師館を訪れた。東京で心に決めた、確認の作業が残っていた。

案内を乞うと、響子が出て来た。どうしてすぐに彼女が出て来たのか、彼女は予感があったのか、偶然彼女がそこに居合わせたからか……がこんなことにはなんの意味もない。

私が誕生祝いを差し出すと、響子は、

「そんなん、もろてもええのかしら」

といった。

「いうほどのもんや、ないねん」

私はぼそっといった。

これは夏休みに河童の置物をもらったお礼のつもりだった。彼女は受け取り、

「ありがとう」

といった。その時の響子の目は、心なしか輝いているように見えた。

次の日曜日、彼女に会った時、響子は私に言い訳をした。あまり突然だったので驚いた、と、そしてもう一度有難うをいった。


数日後に、教会の青年部のピクニックがあった。これはまたとない機会だった。

響子は私と二人きりなら行かないが、大勢なら行くだろう。私はピクニックがあると知らされた時、とっさにそのことを考え、真っ先に申し込みをした。参加者は非常に少なく、男三人、女四人、ＫＫＳ（高校生会）から上がったメンバーがほとんどだった。その中に響子の名前も

あった。

しかし、このピクニックが恋の晩鐘だった。私はこのピクニックとその翌日の電話で、響子が私を愛していないことを思い知らされた。恋の終わりを告げる鐘は、いやが上にも、夕空いっぱいに鳴り響いた。

ピクニックにはさしてたいした事件もないし、別にとり立てて書くほどの内容もない。しかし彼女の態度のことごとくが、私にはつめたかった。

教会へ集合するはずだったのが、私はそれを知らず、一人で阪急の梅田で待っていた。相当遅れて彼らはやって来た。私の顔を見て、響子がどう思ったのかは、読み取れなかった。私が挨拶をしたから、彼女も挨拶をした。電車が来て席を取り、私は響子の横になった。他の人は二人に遠慮をしているような感じだった。が、二人共話は一言もしなかった。彼女はヘッセの『郷愁』を読んでいたし、私は待っている間に駅の売店で買った、週刊誌を読んでいた。

西宮北口に着くと、乗り換えするらしかった。

「ここ」

「そうここ、ここで降りて乗り換えやわ」

初めて口をきいたが、彼女がどんなつもりでいるのか、やはりわからなかった。

仁川《にがわ》へ着き、川沿いの道を歩きながら、私のすぐ近くで、響子は他の女の人たちと話していたが、私に対してどんな気持でいるのか、さっぱりわからなかった。二人の間に、今まであった信号装置は、完全に故障してしまっていた。

仁川渓谷にさしかかり、一行は谷川に沿ってよじ登った。ちょうど私が岩へ登りついた後へ、響子が来た。……彼女に手を差し出した。すると彼女はそれに気づかないふりをして、一人で登ってしまった。こんなことがもう一度あった。一行は急な崖を登った。そこを登るには二つの道があった。私がまず登って、下の人の荷物と手を引っ張り上げてやった。響子の番になった。彼女は、私の方は見ずに、もう少し先の別の登り口を一人で這い上がった。

二人はあいかわらず話をしなかった。山頂で昼食になった。私は弁当を持ってきていなかったので、途中でパンを買った。若牧師と彼女の兄の弘志さんと、彼女が共同で、寿司を分けてくれた。響子の心は私にはわからなかった。が、そっけなく冷たかったことは確かだ。彼女は意識的に私から離れ、話をしなかった。私の方を見ようとしないし、明らかに避けていた。

昼食を終わると、下の砂原で野球をした。私が竹のバットを持って打者に立った。その時初めて、響子の視線を背中に感じた。が彼女の心は、私の方には向かっていなかった。彼女の心は閉ざされていた。私は三振をした。

一行は五ケ池《ごかいけ》に着いた。ボートに乗ろうとここまで来たのだが、季節が早かったせいか、ボート屋は閉まっていた。そこから宝塚の方へ向かった。

私は一番後から一人で歩いた。響子は十メートルほど先を女ばかり四人で歩きながら、尻取りのようなことをしている様子だったが、彼女らは笑い声も上げず、少しも弾まなかった。響子は私に対しては、つんとしてそっぽを向いていた。彼女の心は、私の方まで伸びては来なかった。

とぼとぼと、私は一人ずっと遅れてしまった。一行はばらばらになって、宝塚の入口で落ち合った。私にとって最後の機会は、ついに収穫をもたらさなかった。

弘志さんと私は、温泉に入りたいと主張したが、風邪を引くからと皆に引き止められた。実際その時には春の空は暗く、風は肌寒かった。一人とぼとぼ山道を歩いていた時には、私は堪えられないほどのゆううつに襲われていたが、温泉に入ろうとはしゃぎだした頃には、最早恋は終わったと感じ、なにかせいせいした気持になっていた。

一人ぼんやりと、私は宝塚のホールのソファに座っていた。

仲間たちは、それぞれ広い宝塚の会場を、ボートに乗りに行ったり、博覧会を見に行ったりして、私のまわりには荷物を置いたままで、誰も居なかった。この大劇場のロビーは広く、長椅子に休憩している人々も多く、ことに寄りそったアベックの姿がいたるところにあった。

私は心地よいソファに深々と身を沈め、ホールの中とはうらはらの、窓の外の淋し気な、木の間ごしの黄昏の空の色を見ていた。そこはホールの中とは違って、寒々として、静かで、悲しみに満ちていた。

帰りの電車が、日の暮れかけた摂津平野をひた走った。私は手帳に記した。

……これではっきりした。響子は俺を愛していない。

阪急の梅田の構内で、私は若牧師と握手をして別れた。

ネオンのまたたく、夕闇の大阪駅前広場にたたずみ、ゆっくりと伸びをした。

……俺は自由になった。

響子と、そして神から、今、解放された。

翌朝、電話をかけて、響子を連れ出そうとした。彼女はそっけなくことわった。彼女の声は冷たく、すげなかった。あきらかに私を拒否していた。

4

三月二十六日

今、なにか失恋を思わせることがあれば、もう駄目だ。失恋でなくとも、なにか恋愛に関する言葉、写真、文字を見るともう駄目だ。

私には固定観念が戻って来る。

あるいはそういった具体的なものでなくても、それに似た感覚が襲うと、私には戻ってくる。

過去が……あの日々、響子のあの様子、あの頃の感覚が……。

私は少し前にフランクルの『夜と霧』を読み終わり、その後サルトルの『嘔吐』を読んでいる。そのむつかしい小説を、努力と忍耐力をはげまし、根をつめて読むことによって、悲しみをまぎらわせようとした。紛らわせることが出来なくとも、忍耐力と、悲しみの頂点で、調和をたもつことが出来る。

しかしそんな『嘔吐』の中に、失恋を思わせる言葉があれば、調和はがらがらと崩れ去ってしまうのだ。そうなれば、もういくら努力をはらっても、活字の意味がわからなくなる。私は放心に陥ってしまうのだ。

『嘔吐』の中のアニーは、実によく響子に似ている。そしてロカンタンのアニーに対する態度は、私にそっくりだ。

〈何か一言でも僕が喋りだし、身体を動かし、息をつくと、勿ちお前は眉を吊り上げはじめる。そして理由も解らずに僕は自分に罪があるように感じただろう。それから一分毎に僕は失敗を重ねて、過失に深入りしてしまっただろう〉

私はたちまち響子とのちょっとした事件を思い出してしまった。

ＫＫＳの集会の後、私たちは翌日の日曜礼拝の後に行われる結婚式の準備をしていた。私は大会堂に突き出た二階のバルコニーの手摺を雑巾がけした。

私は汚れた雑巾を下に落とし、それを洗ってしぼり、上にほうり投げてくれといった。雑巾をしぼっていた響子は、私の言葉を聞くと、私の方をにらみすえ、それを持ったまま廊下の方へ消えてしまった。そうして黙ったままずいぶん遠廻りして、階段を上って来て、やはり無言で手渡した。

私は大変へまなことをいってしまったと思い、赤くなってどぎまぎして雑巾を受け取った。

次に、バルコニーから、礼拝堂である大会堂の正面に向かって、放射状にテープを張り渡している時のことだ。響子は大会堂の中央に立って、バルコニーにいる私に声をかけた。「しらかわさん、テープがいがんでへんか、ちょっと見て……」

別にゆがんでいるようにも思えなかったので、私はそういった。それまでためつすがめつテープの張り具合を眺めていた響子は、私がそういうと、たちまち腹を立てて叫んだ。

「なにいうてんの、左から二番目のテープが寄り過ぎてるやんか！」

彼女は梯子《はしご》に登っている野々宮に指図した。私はというと、わけもわからず何か重大なへまをしてしまって、首になったような感じで、へどもどしていた。

響子の前では、私はいつもまごまごしていた。そんな私を、彼女は見すえ腹を立てた。私はいよいよミスを繰り返し、なんてへまな駄目な人間だろうと感じるのだった。

こうして私は、サルトルを読みながら、放心じみた回想にふけっていた。目は、『嘔吐』のあるページの行間に止まったままだ。私は再び気を取り直し、文字を目で追った。

〈私は前の壁に沿って歩く、私は長い壁に沿って存在する。壁の前に一歩踏み出す。壁は私の

前に存在する。更に一歩踏み出す。壁は私の背後にある。壁は私の背後に存在する。〉

私はこんな風にして、追想と放心を相手に、本の活字にすがりついていた。しかし追想はすぐに追いついて来て、活字の行間にひそみ、私を待ち伏せしているのだ。

この果てしない追いかけっこに、陽はしだいに傾いていった。行間から私に飛びついてきた追想をやっとはらい落とし、私はさらに先を読んでいく。しかしまた追いつかれてしまう。こんな繰り返しのうちに、夜はやってくるのだ。私はそこでもまた、響子と顔を合わせることになる。

……教会の中は、信州の温泉地にあるように、温泉の煙で硫黄臭かった。しかもどうやら、高地の山中にあるらしく、空気が冷えて窓の外は霧のようだ。

私は小会堂の方の椅子に腰かけていた。部屋の中はストーブが燃えているのに寒々としていて、窓は白く曇り、いてついていた。私の尻の下では、椅子はかたくひえびえとしていて、下痢を起しそうだった。教会に集まっている人たちはみんな早くも讃美歌を唄っている。教会の中は讃美歌で満されていた。

私はこの人たちと一諸に、高原を電車でやってきて、霧の中の谷間の駅に着いたのだった。谷を吊り橋で渡り、先程この教会にやって来たのだ。

讃美歌を唄い終わると、私たちは大会堂の方に移ることになっているのを、私は知っている。玄関の前の廊下を通って。（内部はそっくり花園教会と同じだ）そのあたりはすっかり温泉の湯気が立ちこめているはずだから、それにまぎれて、そっと抜け出して帰ろうと私は心に決めていた。

しかし、廊下に出る時に、響子に会ったらどうしよう。私はきっと立ち往生して、へまなことを仕出かしてしまうに相違ない。目ざとい響子のことだ、じきに私を見つけてしまうだろう、弱ったもんだ。決心しながら、なお私は迷い、一人やきもきしていた。幸い彼女はまだこの小会堂に姿を見せてはいない。今のうちに、帰るか？

ところが、どうやら響子が現われたらしい。人々がそんなことを囁き合っている。響子らしい姿が、そっとオルガンの前に座った。その上牧師も入って来て、いよいよ礼拝が始まった。私はこうなる前に早く帰るべきだったと思い、顔を見られることの恥ずかしさにちぢこまっていた。響子から見えないように、頭を下げ、身を低くして人の背に隠れ、寒さにがたがたふるえて座っていた。

やがて説教が終わった。牧師は、今度は皆さんのうち二、三人の人に讃美歌を唄ってもらうといいだした。ひょっとしたら牧師は私を指名するかもしれない。なぜ教会へなど今さら出て来たのか、いまいましく心の中で私は激しく舌打ちをした。

見ると、響子が歌の本をぺらぺらとめくっている。彼女は足を組んで楽しそうにページを繰っている。彼女のベンチはちゃんと座布団が敷いてあるのだ。他の人のことは、心にもとめていないように見受けられた。彼女のまわりには、あたたかい幸福な光が満ちあふれていた。

私はそんな響子が憎らしく、さっそうと立ち上がった。いつもの悪い癖が出たのだ。そしてよりにもよって、あのむつかしい「ソルベーグの歌」を唄うことにしたのだ。しかし唄ってみると、案の定思うように声が出ない。目をつぶって、顔を歪めて、汗をかきながら、あさましくうなった。

一番をやって、二番をやろうか、どうしようかと迷っていると……突然、私と牧師は焼け跡を歩いていた。水道の鉛管は飛び出し、道の半ばまで、焼け崩れたレンガや瓦がかぶさっていてがらくたの山を成していた。

黒い服の牧師はその間をひょこひょこと歩き、神を離れてもこれぐらいの道理はわかるだろうと、私にしきりに話しかけてきた。なんだそれならキェルケゴールの弁証法ではないかと、私はふてくされて聞いていた。いよいよ反論しようと思って、口を開きかけたが、またまた声の出ない自分に気がついて、目が覚めた。

——風邪のせいで、喉がからからに渇いていた。それにずいぶんと寒い朝だった。布団の中の、私の身体のある部分を除いて、夜具はひえびえとしていた。私は身体を丸くして、ちぢこまって寝ていた。息を吐くと、それが白い霧になった。

勉強部屋になっている三帖に私は寝ていたのだが、机に手を伸ばし、ペンを取ると、がたがたふるえながら、寝床の中でこれをノートに書きつけた。

三月二十七日
忘れること……忘れること……脱却すること……。
私は同じことを何度もていねいに書きつけていった。
今は忘れること……今は忘れること……自由になること。

三月二十八日
俺が自分の家の貸家を眺めて、こんなのがいくら建っても俺の知ったことじゃないと、心の中でつぶやいていると、若牧師がやって来て、すまんがこの貸家をもう少し右の方へ移動してくれないか、というから、俺は請け合えないが父に相談してみようといっていると、父がやって来て、右の方もいっぱいいっぱいだからもうどちらにも動かせない、と厳しくはねつけた。

俺はそれもしかたがないかと、しごく冷淡でいると、若牧師はこんなことをいった。

うちの教会で悩んでいる者が三人居る。一人はこのわしで、君の家の貸家をもう少し右へやってもらおうと思って悩んでいる。もう一人は響子で、これは君の手紙の為に悩んでいる。

今一人は安井さんで、君が教会へ来ないので悩んでいる。あれでみると、安井さんは君が好きだったのだなあ……と、にやにやと笑った。俺は成程もっともなことをいうと思い、それに俺を加えれば、悩んでいる人間は四人になる。たしかに現代は悩める時代だ、と感心した。

——父親が貸家を建てはじめたのはこの春からだった。焼け跡の一部が盛土され、基礎工事が始められていた。一棟ずつ建てていったから、数棟の貸家が完成するのに一年ぐらいかかった。

翌年の春過ぎには、そのあたり私の家を含め、焼け跡はすっかりなくなってしまった。

響子が私の手紙で悩んでいるということに関して、少し書いておかなければならない。

宝塚のピクニックの前日、私はなおもいろいろと響子の気持を推測していた。どう考えてもいい答えは出てこなかったが、いちるの望みをその日にかけていたことは事実だ。

ピクニック当日の彼女の態度は、予想以上にというか、予想外だった。はっきりと、しかもことごとく、私を拒絶していた。響子のあんな冷たい態度を、かつて一度も経験したことがない。彼女は、私と接することそのものを拒否していると、私は感じ取った。私もそこまでは予想していなかった。

翌日、なお確かめる為に、彼女に電話をした。響子を、映画「戦争と平和」に誘った。正月、その映画が来たら二人で見に行こうと約束していたからだ。しかし一月成人の日の花園町の地下鉄の入口で、彼女が私たちの約束を一方的に反古《ほご》にして以来、響子はまったく人が変わってしまった。この電話の向こうでも、彼女は冷たい声でそっけなくことわった。

私はずいぶんとしゃくにさわり、その日の夜に、手紙を書いたのだ。私は響子を罵倒した。彼女の欠点を洗い上げた。

夢の中で、彼女が私の手紙に悩んでいると出て来たのは、感受性の強い響子が、なんらかの意味で衝撃を受けただろう、と私が考えていたからだ。

なおその翌日、私は彼女にあやまりの手紙を書き、決別を宣言した。……こうして私の方でも、響子を放棄してしまったのだ。

三月二十九日午後六時十五分

私に、宝塚で彼女たちと過した一週間前の日の感覚が、突然戻ってきた。同じ時刻で、同じように空は曇っていて、そして私は同じように疲れていた。

その日私たちは仁川のピクニックセンターから山越えして、日暮前、宝塚公園に着いた。外は寒く、私たちの気分はまったく疲れ切った恍惚《こうこつ》境に遊んでいた。

宝塚劇場の廊下……中央と両側にソファが並び、気分のくつろいだシャンデリアの光と、人を懐しくさせるような雑踏の中の快い気分……例えば、私たちが旅行の折、日暮前、汽車の中に感じる家庭的なゆったりしたくつろいだ気分……そんな気分の充満したサロンとでもいうべき広い廊下のソファに、私は深々ともたれ、彼女たちの話を聞いていた。

足はだるく、身体もだるく、心もだるかった。響子はこげ茶色の服を着て、私の座っているソファの背に身をもたせかけ、私の横に座っている若牧師やその他の人たちと話していた。彼女たちは今まで、ボートで遊んでいたので、活気づいていたが、私はそこに意識がなく、何を話しているのか聞きとれなかった。ただ、ソファの背にもたせかけた彼女の身体の腰のあたりに……こげ茶の服につつまれたボリュームのある、押しつけられていっそうその弾力が目立ち、ボリューム感のあふれた、ふっくらした腰のふくらみに……いい知れぬ安堵を感じていた。彼らの話し声も、大広間になった廊下の騒音も、しだいに暮れ行く窓の外と比較され、いよいよ私たちの快さは、このまま私たちがこの世界にとどまっていたいという気怠《けだる》さと共に、増していった。

——今、家の台所からは、夕食の支度の皿や水の音と、母たちの話し声が聞こえ、小説を読んでいたがための疲労の恍惚境が私を襲い、窓の外に黄昏が迫った。私は今のこういった感覚が、あまりによく似ていた宝塚のロビーでの感覚を呼び覚ましたのだろう。このことを、感覚の共鳴と呼ぼう。

四月二日

失恋の数日、私は非常な劣等感に襲われた。しかしそれが過ぎると、かつてないほどの抵抗感が生まれてきた。

電話でそっけなく拒絶された日、私はまず友達の所へ救いを求めに行こうと、家を出た。浜崎か中村か、はっきり決めてはいなかった。私は一人で居るには堪えられなかった。

家族は私のことを知らない。したがって私の気持をなぐさめてくれず、無頓着であった。そういう中に居るのは、いっそう堪えられなかった。なぐさめてくれとは望まないが……第一それは不可能である……せめて私につまらぬことで干渉せず、そっとして置いてもらいたかった。私は、頭の中がいっぱいで、もしくは頭の中がからっぽで、他のことは何も考えられなかった。ところが母や妹たちは無頓着に話しかけ、私に返事を迫る。

こうしてたまらなくなって、外へ飛び出したが……私は一人で考えているのにも堪えられないのに気がついた。私の頭は回転を停止している。頭の上に、気持の上に、重くのしかかってくるものがあった。この重圧が、頭脳の働きを制限してしまっていた。

それは限りない劣等感であった。私はなにをしても駄目だ。今までしてきたことは、総て私の独りよがりだ。それはなんの役にも立たない。これからも、なにもできない。私は誰にも愛されたことがない。私のような、なんの取り柄もない、嫌な性格の人間を、誰が愛するのだ……。家を出て、まず浜崎のところへ行こうと思ったが、私の劣等感はそれを許さなかった。

浜崎の家を大きく迂回して、方向もなにも定めず歩き廻った。気がつくと、うどん屋の椅子に座っていた。その道中まったく意識がなく、なんだか見たこともないような貧民窟の中へ入ってしまったのだけは記憶にあるが、距離も時間もまったく空白だった。

東京ではたいてい中華そばを食べていたので、私は無意識に、そこがうどん屋であるにもかかわらず、それを注文していたらしい。私の前に湯気の立つ中華そばを置かれて、気がついた。

テレビが店にあり、ちょうど相撲が映っていた。次は「朝潮」と「大内山」の取り組みだった。昨日、宝塚のロビーで、響子が朝潮を応援していたのを思い出し、全勝の彼が、今日こそ負ければいい、と思った。本当に、彼女に好かれるなんて、嫌なやつだ。私は顔をそむけ、中華そばを食べた。すると、私の念力が通じたのか、朝潮はあっさり負けてしまった。いいざまだ、豚にでも食われろ……。

食堂を出て、しばらく歩くと、そこが響子たちとよく行った商店街に近いので驚いてしまった。引力のように、そういう場所へ引きつけられているらしかった。そうだ、中村の家へ行くつもりだったのだ、と強がりで自分にいい聞かせたが、すぐにむくむくと劣等感が頭を持ち上げ、やはり行けなくなってしまった。

南海線のガードを潜り、よく知った古本屋に入った。どれぐらい居たのか、そこを出て、せんべいを買い、それをポリポリやりながら、仕方がないから、家に向かった。

家では夕食の最中だった。それでは私は六時間ほども歩き廻っていたことになる。六時間……いったい何キロ歩いたのだろう。記憶がほとんど空白だ。せいぜい、一時間か二時間ぐらいの散歩の記憶しかない。

夕食後、猛烈に腹が立ってきた。いったい、俺がなにをしたというのだ。なぜ六時間も彷徨しなければならないのだ。そんなに、悪しざまにされなければ、わからない男なのか。俺にだってプライドはある。むしろありすぎるぐらいだ。……私は手紙を書いた。手紙でしか書けなかった。

その翌日、私は『夜と霧』を買って来て読んだ。失恋の感情と、八百万ないし一千二百万をいぶし殺したナチスのガスかまどと——、つまりこれに比べたら、どうということはないではないか。それは相殺され、失恋の感情も、本を読むにしたがって薄れていった。が、本の中で、私の恋情に触れるものがあれば、……放心におちいった。

また、その本の中で発見した言葉が、私にヒントと力を与えてくれた。悲惨な現実の中で生き残る条件は、強靱な体力ではなく、強靱なイマジネーションの能力であるということ。

この日以後、私の放心癖はいよいよ激しくなってきた。一日の大部分、いったいなにをしていたのかわからない日が多かった。そして夜はたいてい彼女の夢を見た。が、そういう繰り返しの中で、私はしだいに落ち着いてきた。今あるのは激しい抵抗の感情だ。失恋の感情は、毎日のように、毎時間のように、私を襲う。しかしもう歩き廻ろうとは思わない。電話の日のように、手もなくひねられて、白痴のようになって歩き廻りたくはない。

——最早、絶対に彼女に会うことはない。

このことが私をたまらなくさせる。以前、彼女にはもう会うまいと決心したことが一度ならずある。その度に、私は、ずるずると自分の決心にそむき、彼女に会っていた。

が今度は永久だ。彼女に未練がある限り、永久に会わない。電話もしなければ、手紙も書かない。これを、私は自尊心にかけて誓う。

5

四月八日

よく晴れた日だ。私と塚口は、朝早くから大和路を歩いた。塚口とは小学校以来の友達で、現在東北大学に行っている。彼は昔からまっこう臭い趣味を持っていて、今日は彼に引っ張り出されたのだ。

私たちは近鉄の西大寺から、奈良電鉄に乗り換え、西ノ京で降りた。軒の低い家並を曲ると、こんもりとした林の上に、薬師寺の東塔がそびえている。私の一番好きな建物だ。どこの塔よりも一番完成されているように思う。

私たちは金堂のらんかんにもたれて、松の枝越しにしばらく眺めていた。東塔の石段を、外人のアベックが上がって行く、腕を組んで、語り合いながら……。私は急に悲しみがこみ上げてきた。正月に、響子と行き先をあれこれ候補に挙げた時、ここも挙がっていた。

好きな塔を眺めて、一人で喜んでいてもしかたがないではないか。彼女が一緒にいなければ無意味ではないか。この塔を、二人で眺めてこそ意味があるのだ。素晴らしいものとはそういうものではないか。愛する人の為に存在するのだ。

だけどそれは不可能だ。何故、不可能なのだろう。ひょっとしたら響子は私を愛しているかもしれない……急に鳩が一斉に舞い上がった……こんなにことごとく彼女を思い出すようでは、そう簡単に響子を放棄することは出来ないかもしれない。

私たちは金堂に入り、黒く光る仏像を眺めた。これは雷に当たってこうなったのだなどと、塚口はいろいろと説明をしてくれたが、私は半分も聞いてはいなかった。響子と二人なら、よけいな説明はいらないだろう。

薬師寺を出た私たちは、唐招提寺《とうしょうだいじ》に向かった。ここで仏像を案内してくれたのは、年頃の大和娘だった。彼女がここで働いているのかどうかわからなかった。柱にもたれて、仏像を眺めているのを、私が声をかけたのだ。

彼女は仏像について大変にくわしかった。塚口とはよく話が通じて、彼女がちょっと離れた時、彼女と友達になりたいと彼はすばやくささやいた。私はなんとか骨を折りたいと思い、彼女の住んでいる所を聞いた。「王寺」に住んでいるという。しかし住所を聞き出すまでの勇気がなかった。

仙台に下宿している塚口は、関西に同じ趣味の友達、それもできたら女性、が欲しかったのはよくわかる。とうとう彼女は私たちから離れて行ってしまった。おしい機会を逃がしたものだ。私たちは東大寺に向かって、大和路をてくてく歩いた。春日大社から新薬師寺、そして白毫寺《びゃくごう》……高畑の坂道を下って来る頃、日はとっぷり暮れた。東大寺の森に夜霧が降り、私たちは再び奈良から電車に乗り、ネオンの街に帰って来た。

その夜私は日記に書いた。

――機会を逃すな。あらゆる機会を逃してはならない。今日、唐招提寺で非常においしい機会を逃した。それが私に必要であるかどうかは問題外だ。とにかく今日、それを捕えることが出来なかった。

私は非常に不愉快だ。しかし過ぎ去った機会は二度とは帰って来ないから、そのことではくよくよ思うまい。これから出合う機会は絶対に逃してはならない。もし逃がしたら、今度こそ承知しないぞ。ピストルだ。ピストルで脳天をぶち抜くのだ――。

東京への車中

万年筆の感覚……私はふと悲しくなった。

過去が、そこだけぽっかりと甦ってくる。胸の万年筆を押さえている私の手を通して、そこから過去が覗けるのだ。

塚口と奈良に遊んだ数日後、私は夜行列車の「月光」に乗った。人いきれと、煙草の煙のむんむんする車内で、私はぐったりとなっていた。名古屋、豊橋、浜松、静岡を過ぎた汽車は、東海の月夜の海岸を、一路東京に向かって走っていた。外はさんさんと月の光に照らされているけれど、中は通路にいっぱい人が立ち、むしあつくて堪えがたい気分だった。

私は疲れ、身体が痛く、頭ががんがんして吐き気を催しそうだった。人に囲まれた狭い座席で身動きもならず、じっと暗い窓の外を見つめていた。

学生服の上衣のポケットに触れ、無意識のうちに万年筆を抜きとり、それを右手で握っていた。悲しみのかげが心をよぎったのだ。

それを確かめるために、私は今、万年筆を手にとっている。きゅうんと胸をしめつけたものはなんだったのか。……やがて、過去がぽっかりと甦って来た。

……いつ頃のことだろう。私の万年筆の止め金が折れていたから、多分高校三年の冬だろう。私は初めて買ったその万年筆が大変に気にいっていた。セーラーの太い、ペン先の小さい、キャップはステンレスで、軸がグレーの色をした万年筆……。

「その万年筆？」

「あんたのと同じや」

響子はちょっといたずらっぽい目をして笑った。

「あんたのは？」

「止め金が折れたから家に置いてあるねん」

ＫＫＳの集会の後、私たちは二階のバルコニーの後の小部屋で、卒業後のことをいろいろと話し合っていた。そういう時だ、こんな会話を交わしたのは……。

響子の万年筆の握り方は独得だった。中指と薬指の間に万年筆をはさんで、字を書いた。わざとそうしているのかと思ったが、そうでもないようだった。とにかく癖の多い女の子だ。字はあまり上手とはいえなかった。

同じ時だった。響子はマッチの軸を二本取り出した。一本に火をつけ、その頭を他の一本の頭に近づけ、それが発火すると同時に二本を押しつけ、ふっと吹き消した。片方を離して見ると、二本は見事にくっついている。

「あんた大丈夫やわ、試験はきっと通る」

彼女は嬉しそうに顔を上げ、きらきら光る目で私の顔を見た。

「そうか、ありがとう」

別にそれを信じたわけではないが、私も嬉しそうにいった。

これはだから、東京へ試験を受けに行く前の土曜日ということになる。響子は神妙な顔をしてその占いをやった。

そして今、私は再び東京に向かっている。それらはほんの昨日のように、私の横に置かれている。

過去は、現在と並行に存在している。この巨大な現在は、無数の過去と、ほんのわずかの現在によって構成されている。思い出せないだけで、響子とのことも、そこには無数に並行に存在しているに違いない。

疲れ堪えがたい気分の中で、見えるものは総て見渡せる、窓ガラスに車内の情景が映っている、それ自体が動いている、夜汽車という「現在」の狭い箱の中で、私は実感としてそう思った。だらしなく眠り込んでいる人々に囲まれた、居心地の悪い汽車の座席を忘れ、高校三年の冬の、ガスストーブが赤く燃える、ＫＫＳの会合に私は戻っていた。

しかし今、夜行列車は丹那《たんな》トンネルに入り、ゴウゴウ鳴る轟きが、私の万年筆の連想を断ち切ってしまった。

ガラスはたちまち乳白色に曇り、「月光号」は総ての人間の怠惰な感情を乗せたまま、穴の中を一路東京に向かって驀進《ばくしん》している。この長いトンネルはいつまで続くのだろう。

四月三十日

高校二年から三年へかけての春休み、私は商店街のカバン屋の店先で響子と会った。彼女は教会から、そのカバン屋へ信者の関係で手伝いに来ていた。彼女はそういういい方をした。何かの売り出し日だったのだろう、人通りが多く、店は混んでいた。

どこかの帰りだったのだろう、私はかなり疲れていて、身体中ほこりっぽく汗がにじんでいる感じだった。響子の方は働いている合間でもあり活気づいていた。

修業旅行の話などをさかんにした。二人とも九州の方へ行ったので話が合った。彼女らの乗った船が霧に立ち往生した話などを、身振りをまじえて話した。私はこんな店先で女の子と話をするというのが、どこかてれくさかった。

私は学生帽の庇《ひさし》を持ち上げ、手で額の汗をぬぐった。この時、ほこりと煙にくすんだ、どす赤い夕陽が、家の軒のすきまから、私の目の中にぎらりと入ってきた。

——昨日顔を洗っていた時のことである。水のしたたる顔を洗面器から離した瞬間、井戸端の天窓からもれた十時過ぎの太陽が、洗面器の水に反射して、きらきらと強烈な光を投げつけた。不意に、忘れていた記憶をよびさました。ただしその記憶が像を結ぶまで、若干の時間はかかった。

商店街の混み合っている店先で、てれくさく、しかし充分に誇らしかった。が、こういう形で響子とは会ったことがないので、今まで記憶の底に沈んでいたらしい。

六月十八日

東京の郊外の私の下宿のまわりは、まだ武蔵野の名残りを色濃く残していた。私は初夏の武蔵野が大好きだ。いたるところに野生の灌木《かんぼく》がにょきにょきと顔を出し、乱雑で野趣に満ちあふれている。

少し元気を取り戻した私は、気が向けば間を置かず、そこらあたりを歩き廻った。そのうちに一定の散歩道ができ上がった。それを私は「自殺者の散歩道」と名付けた。

下宿のある武蔵境から、玉川上水に沿って、小金井まで歩くのだ。飲料水になる玉川は、たいして大きな流れではないが、深く早い流れで、気持のよい川だった。堤には太い桜の老木が並び、農家の竹垣を越えた高い欅が、狭い踏み分け道の上に影を作っていた。光と影のまだらになったこの散歩道は、梅雨の中で今、初夏の粧《よそお》いをはじめていた。

数日前、私は中央線の武蔵境から出るバスに乗って、中村の下宿へ遊びに行った。田無《たなし》でバスを降り、西武線に乗り換えた私は、そこで響子によく似た女に出会ってどきりとした。恋する人間には、どこに行ってもその相手に出会えるかもしれないと考える、神がかり的なところがある。判断力がいくら打ち消しても無駄なのだ。どんなところだって、彼女がいないという必然性はないのだ、と勝手な理屈を考え出し、顔を確かめるまではどうにもこうにも納得出来ない。

窓から外を眺めているドアの前の女の顔が見たいばかりに、その後を行ったり来たりした。当然だが、響子ではないことを確かめ、私は心の底からがっかりするのだ。

この時、無意識の内にポケットの中の切符をいじっていて、心をよぎる悲しみの影を感じた。私は下井草で降り中村の下宿への道を歩きながらも、何故悲しみがこみ上げてきたのだろう、とそればかりを考えていた。

中村は下宿には居なかった。下宿のおばさんが引き止めるのもかまわず、私は再びもと来た道を引き返した。

もう一度切符を買い、西武線に乗った。この切符をいじっている時に、影が心をよぎったのだ。どうしてだろう……切符につながる響子との思い出があるのだろうか。

響子と乗ったとすれば、それは地下鉄か、市電か、バスか、南海電車かだ。しかしそれらはすべて軟券だ。が、西武線のこれは硬券だ。では省線かもしれない。阪和線なら、南紀へ行った時に乗った。しかし南紀へ行った時のことは、大部分記憶しているはずだ。にもかかわらずかなしみの影を、具体的な思い出に結びつけられない。そういうよく記憶していることではこれはないはずだ。

宝塚へ行った時に、阪急電車に乗った……だが阪急も確か軟券だった……軟券でもかまわないのかもしれない。響子が、阪急電車の私の横にかけて、ヘッセの『郷愁』を読んでいた時のことだろうか……それにしてはあの時のことは、追想するような内容があまりになさ過ぎる。

やはりこの硬券のごつごつした切符の角をいじっていた感覚だ。この感覚が、私になにかを連想させたのだ。

……ああとうとう機会を逃してしまった。私は響子かどうかを確かめるため、目の前の女にこだわり過ぎていたのだ。だから連想の内容を追求する大事な瞬間を逸してしまったのだ。

その間に、かなしみのかげは、永劫《えいごう》の闇に消え去ってしまった。もう二度と再び、それを連れ戻すことは出来ない。その部分の響子の存在は、消滅してしまった……。

六月二十八日

やりきれない下宿生活の間に、死の欲望はしだいにつのっていった。響子と過したバラ色の日々にくらべ、大学へも出ずに一人暮しをしている東京の生活は、あまりにも灰色だった。

〈人間の求めているのは、あらゆる意味における可能性であり、未来とは可能性の形式である〉

こう手帳に書いている意味は、私にはあらゆる可能性が閉ざされた、ということだった。そこに響子がいない限り、私がどんなことをしようと、どんな生活を送ろうと、私がどうなってしまおうと、なんの意味もない。喜びや悲しみの日々が閉ざされてしまった今、私には可能性などはありえない。これから先のことを考えても、私にはなにも思い浮かんでこなかった。未来は空白というよりも、未来そのものが存在しなかった。可能性が零だということだ。響子と結びついて初めて可能性である。しかしそれは過去へさかのぼるしかなかった。

私に可能性がありえないとすれば、私の人生をここでぷつんと切ってしまっても、どうということはない。自殺の意味がわかったような気がする。

言葉をかえれば、この意味だ。

――死ねば、それまで。


朝、新聞を読んでいて、再び悲しみの影が私の心をよぎった。あるページでそれが起こったのだ。がこの時も、まったく私には追想できなかった。もどかしくて、またもや過去が永劫の闇に消え去るのを、手をこまねいて見送るしかなかった。

なにか空恐ろしい感じだ。こうして喜びの日々は、しだいに削り取られていくのだ。過去もまた、私から消え去って行く。

七月八日

この日から私は、伊豆方面の大学の旅行に参加した。

私たち一行は伊豆大瀬《おせ》海岸に逗留《とうりゅう》した。そして、まだ冷たい初夏の海に飛び込んだ。この海は、南紀海岸のような南国情緒はなくて、静かな日本的なきびしさをたたえていた。泳ぎ疲れると、黒い砂に寝転びこうら干しをした。ここでの最初の二日間は、好天気に恵まれた。

砂原で相撲を取った。誰をも寄せつけなかった大柄な相撲部の同級生を、小内刈りで倒した。柔道の技はまだ衰えてはいなかった。そのかわり柔道五段の先生にはかなわなかった。疲れると、丘の上の旅館のタタミに寝そべり、ポーカーをした。そこから、下の海岸で遊びたわむれている人々を眺めることが出来る。女子学生には少しも興味を感じなかった。大瀬海岸は、砂原を抱いた、小さな湾だった。

七月九日

遠泳から帰って来て、泳ぎ疲れて砂の上に腹ばいになっていた。背後で女の子たちの笑いさざめく声が聞こえる。砂原でバレーボールでもはじめたらしい。

不意に、激しい痛みが私の心を襲った。それは堪えがたいほどの郷愁だった。南紀の海岸には、それこそ涙を流してもいいくらいの素晴らしいことが、ふんだんにあった。南国の焼けつくような太陽の下で、私や響子や高校生たちは、歌声と祈りと芝居と討論と泳ぎと遊びとお喋りと、そして初恋と思想との触れ合いと、……はなやいだ、いきいきとした、みずみずしい日々を過した。

それにくらべ、同じく夏の太陽は照りつけているが、この黒い砂の伊豆海岸は、あまりに静か過ぎる。あまりにきびしく、上品で、若さを失い過ぎる。もう一度あの夏に帰りたい。

私は身体の下に砂を掻き集め、腕を組んで顎を載せ、目を閉じた。目を閉じているうちに、時間を超え、南紀のあの海岸へ戻っている、というようなことがありえないものだろうか！

響子たちが海水着のままで写真をとっている。彼女たちのはしゃいだ声が聞こえる。その中には私も写っている。……あの写真はどうしたのだろう？　あの写真は、私は持っていない。

しかし写真は確かに見た。どこで見たのだろう。なぜ申し込まなかったのだろう。

私は目を開けた。静かできびしい、白い太陽に照らされた水平線がまぶしい。何故申し込まなかったのかわからないが、あの写真は響子の部屋で見たのだ。いくつもの黒い顔が笑っていた。

私は身を起こして、砂にあぐらをかいて座った。私の背後で、堤防にもたれ、響子と馬場が並んで讃美歌を歌っている。二日目の朝だ。私は激しく嫉妬した。馬場は彼女と居たがった。響子はそれを許していた。

私は蟬の声の降りしきる松林を、響子を捜して歩いている。裏の洗面所で、響子は水着を洗っ

ていた。私の顔を見ると、

「あんたもう風呂に入ったん、ちゃっかりしてるな」

と笑いながらいった。こういう皮肉な言葉だけを憶えている。

そんな響子が、海水着に着替えると、最先に私の前に立った。あれは偶然とは思えない。あの瞬間、世界は動きを止めた。波打ち際で、お互いの身体を見つめ合った。無言で……そして身をひるがえした。彼女は……身をひるがえした。

――この日、私の意識の中で、過去と現在は並行に存在していた。意識内容はもっと多彩だったと思うが、とうてい記述しつくせない。

七月十日
私たちは船に乗って沼津に向かった。七月の風はまだ冷たく、デッキの上には私以外には誰も出ていなかった。
私は煙草をふかしたけれども、煙は横なぐりの風に吹きちぎられ、吸っているような気がしなかった。沖に出るにしたがって、伊豆半島はしだいに小さくなり、一面雨模様の灰色の海が続いているばかりになった。
伊豆の山々が低くたれこめた雨雲の中に没すると、後はもう見渡す限り寒々とした海だ。あるのは船が巻き返していった水脈《みお》だけで、その他にはなにもない。孤独と神秘と恐怖をたたえた満々とした海原なのだ。

私は限りなく悲しかった。それは単なる感情的なものではなく、例えば原罪に根ざしているような奥深いものだった。

この悲しみを作り出してしまった、自分の性質に対する哀れみのようなものだった。私は幼い頃から感受性と自己に対する哀れみが強く、ちょっとしたことでも大層に思い込んでしまう。今度のことでも、普通の人間ならたやすく乗り越えられるのに、私はそれが出来ない。よくいえば多感で、悪くいえば性格が弱いのだ。私が悲しみ苦しまなければならないのは、誰が悪いのでもない、自分が悪いのだ。私の性質、あるいは感受性のゆえなのだ。だからこれは堪えなければしかたがない。堪えることだけが、私に許された道だ。

沼津に向かう船は、このなにもない、人生のようになにもない……自分と、自分の作り出した波の跡しかない、灰色の海を、重たくゆるぎながら、ゆっくりと進んでいった。

6

日記や手帳とは別に、響子とのことを集中的に書くために、私はノートを作っていた。

［4］の「感覚の共鳴」の部分〈三月二十九日午後六時十五分……私に、宝塚で彼女たちと過した一週間前の日の感覚が、突然戻ってきた。……〉がその一ページ目である。つまり彼女と

会わなくなって、一週間目から始まっている「このノートを後に「愛のかなしみ」と名付けた。

そして以上までで第一冊目が終わっている。

二冊目からは、私ははっきりと創作ノートの形をとった。〈このささやかな現実〉とサブタイトルをつけた第二巻のはじめに、小説論のようなものを書いている。第一巻の内容をふまえ、これを小説にする前提で、方法論を検討している。

それをそのまま、ここへ書き写しておこう、と私は思う。

○存在は、ばらばらな反映としてしかありえない。
○過去はありえないしたがって現在もありえない
○時間は存在しない。空間は存在しない。
存在は、時間的にも空間的にも（実際にはそんなものは観念に過ぎないのだが）ばらばらな反映としてしかありえない。
つまり時間的には、映画のフィルムのような無数の「コマ」が存在である。（存在の非連続性）
空間的には、ばらばらな反映の事象の積み重ねである。（細分化された存在）
○テーマはばらばらにしかありえない。
○幸福とか不幸とか、悲劇とか喜劇とかいう普遍的なテーマは、したがって存在しない。
○愛はばらばらにされてしまった。したがって愛する女もばらばらである。そのばらばらなものを総合し、統一し、普遍性を与えるのではなく、ばらばらなままを積み重ねて行くだけだ。
○この主張の底辺をなすものは、実感主義である。

「愛のかなしみ」の創作ノートの内容は、響子たちと仁川から宝塚へ歩いたピクニックの日の翌日、つまり三月二十二日からの記録である。

私はチャペルで拾った恋を、ピクニックの日に落としてしまった。が、そこで私の恋が終わったのではない。響子が、私を愛していないことを知っただけだ。また彼女が、私に会うことを嫌がっているのも同時に知った……私は片恋だったのだ。ピクニックの日の彼女の態度と翌日の電話で、太陽のように明らかに、響子に知らされた。

彼女は冷たく、わざとそっけなくした。響子が私を嫌っている以上に、私を嫌っているようなそぶりに出た。まるでそうしないと、いつまでも私があきらめない、とでもいうように。

しかし、このことによって私の恋が終わったわけではない。むしろそのためにこそ、私は自分の恋を明確に摑んでしまったのだ。

だが、響子が私に会うのを喜んでいない以上、私の方から彼女に会うわけにはいかない。私は二度と教会には出かけられないのだ。この記録に響子が登場しない限り、確かに恋愛小説として、これを続けるわけにはいかない。

何度も書くようだが、だからといって私の恋が覚めたわけではない。響子は登場しないけれど、彼女を思う私の気持は続いている。いったい恋愛小説に、相手の登場しないような内容のものが成立するか？

この疑問に答えるのはたやすい。なぜなら失恋したことのある人なら、誰でもこの秘密を知っている。

失恋した人にとっては、たとえその顔や姿は見られなくなっても、恋する相手というものは、半年や一年は、彼の中に生々しく生き続けているものだからである。その男の中には、依然、恋する人が、バラのようにほほえんでいるはずである。

私は断言する。こういった日々に見る響子との夢の中での出会いは、そのまま私の恋愛の現実なのだと……。

実際に、私の目で見た響子と、イメージで捕えた回想や夢の中の彼女との間には、なんら区別すべき要素はない。理由もない。どちらも私にとっては響子なのだ。

私は何度も彼女を見、何度も彼女の声を聞き、ゆるぎない完成された彼女の像を作り上げている。――それが、響子である。誰でもない、彼女が響子であるという、彼女の意味――。つまり響子というテーマを作り上げている。

実をいうと、こんなテーマは嘘っぱちなのだ。昨日見た彼女と、今日見る彼女は、実際には別人であるはずだ。その間に、今日見た人と昨日見ていた人との共通点を、無意識の内に私たちは捜し出して、その共通点に響子という名前――、つまりテーマを付しているに過ぎない。

今、そんな共通点は、たやすく破壊されてしまうものであることを知るべきである。

そこには、ばらばらな彼女のいることを、私たちは知る必要がある。一日ごとに全然別人になる響子を、会う度にまったく違った人物がそこにいる響子を、彼女は失われ、再びそこにいる彼女を知る必要がある。

彼女が変化するのではない。永遠にそこに存在している響子のテーマは、やはりある。ただ次の瞬間には、別の響子がそこに入れ替わるだけだ。こんな風に、響子というテーマは無数にあり、しかも非連続なはずだ。

次に、彼女のふるえている手と、彼女自身について述べてみよう。

空間的な彼女は細分化されているはずなのだ。

私の経験から、響子というテーマは、彼女の目に秘められていたことが多い。今でも彼女を思い返すと、それは大部分いたずらっぽく黒く輝く彼女の目である。

……あの、はじめて彼女を逢引に誘った教会の玄関、……響子はそのはじめての受け身の経験のため、心をどきどきさせて玄関のアーチになっている壁に、軽く手をかけていた。その手は、心の動揺を表わして、目に見えるほどふるえていた。……私はその時、彼女の手のふるえで彼女自身を知った。彼女の恐れと、期待と、恥じらいを……、そしてこんなことが彼女にも初めての体験であるということを……。

彼女の手は、確実に、彼女自身であったのだ。

ここでもう一歩進めてみよう。

彼女自身というものは、まったくありえないのだ。全体像としての響子は存在しない。（そんなものは観念の上でしか存在しない。）響子というテーマは、手のふるえであったり、うなじの白さであったり、脇毛であったり、目であったり、一文字に閉じた口であったり、えくぼであったり、とがった乳房であったりするのだ。こんな風に、響子はばらばらなテーマとして存在しているのだ。

ここでも統合はありえない。これが彼女だというものがあっても、そんなものは無数にあるのだ。そのあいだに統一をつけて、総合することは不可能なのだ。

この意味からも、彼女が響子である、という普遍的全体的な像はありえない。響子というテーマは、細分化されているのである。

この人生に結末があるわけではない。

またそれとわかるはっきりした区切りがあるわけでもない。

響子と別れた翌日、冷たい夜具の中で、私は目を覚ました。

その時には私は既に、もう一生涯彼女には会うことはないだろうという決心をかためていた。

彼女を見返してやりたいという気持も失せていた。将来なんらかの意味で彼女を見返してやりたいという気持が、もし私にあったとすれば、私はまだ響子を放棄したことにはならない。

私はすべての意味で、その時には彼女を放棄していたのだ。

こんなはっきりした区切りらしいものがあっても、私の恋愛は終わらなかったのだ。私の中に、彼女はあざやかに生き続けた。

私の見ていた彼女も、私の中に生き続けている彼女も、同じものである。その響子に私が会っている限り、私の恋愛は終わってはいない。


——以上までだ。

要約して縮めてしまったので、当時の熱気は伝わらないかもしれない。「存在の非連続性」とか「細分化された存在」という言葉は、かなり後から書き込んだものだが、考え方そのものは当時のままである。

私はこういう考え方に辿り着いてかなり興奮していた。サルトルの実存主義に影響された部分があり、当時翻訳されはじめたアンチ・ロマンの読みかじりもあって、どこまでが私の発見なのか検証しようもないが、私は大変に勢い込んでいた。

現実に響子と会えない私は、夢の中で彼女と出会うか、追想の中の彼女を書くしかない。だからこれは自棄っぱちで考えた方法論といえなくもない。失恋の痛みをくだくだ書いている自分に、なんらかの意味付けがしたかった。ただここで少しばかり驚いているのは、「実感主義」という言葉である。この言葉は現在まで私の小説に対する考え方の主要な部分をなしている。

ところでその夏、――一九五七年、大学二年の夏休み、伊豆の旅行から直接大阪へ帰った七月十日から約一ヵ月、響子のことは何も書かれていないのだ。「愛のかなしみ」二冊目のノートは、小説の方法論を書いて、以降八月の半ばまで空白である。

一九五七年八月十二日
商店街で若牧師と会い、教会へ来いといわれる。私は行かないつもりだ。

八月十九日
真夜中の夢なのでほとんど記憶にない。

……私の家へ響子と兄さんの弘志さんがやって来た。なぜ来たのかわからない。ひょっとしたら来るのではないかと思っていたからかもしれない。商店街で若牧師と会った時、一度お訪ねするといっていた。

私は弘志さんに碁をしようと誘った。二人が碁を始めた場所は、教会の牧師館の座敷だった。

「さあ、しっかり来いよ」

と私がいうと、

「ほう、そんなに強いのか」

と彼はいった。

響子は二人の横に座って笑っていた。彼女もなにかいったようだが思い出せない。碁盤を眺めたり、二人の顔を相互に見ていった、彼女の言葉や表情や動作は、妙になまなましいもので、夢とは思えないほど現実味をおびていた。しばらく彼女の夢を見ていないので、そう思ったのかもしれない。

女は、時々非常に打ちとけた態度を取る時がある。相手と自分の境がないような、そういう気持になる時があるのではないか。まるで姉か妹が、兄か弟にいうように、……そういう親み深さが、彼女の言葉や表情や動作から感じられた。

この夢のほとんどを忘れてしまったが、かつて響子が私にも見せた、そういう言い方や目つき態度をなまなましく示した記憶だけはある。彼女の存在感のくっきりした夢だった。

「君らのことは、よう知ってるよ」

ずっと後で、若牧師が私にいった言葉だ。十年ぐらい経った時で、教会を訪れた私に、すでに栄牧師は亡くなっていたから、隆志牧師が正牧師になっていたのだが、コーヒーを飲みながら、笑いにまぎらせてそんなことをいった。

君らというのは明らかに私と響子のことだと考えられるのだが、「君と響子のこと」とはいわず、若干あいまいに牧師はいった。彼にそういうてれがあったと同様に、私の方でも「僕らの、どういうことを知っているのですか」と聞くあつかましさは持ち合わせていなかった。

互いに解ったようにてれ笑いでごまかしたが、彼が知っていることを少しも意外に思わなかったのも事実だ。多分牧師も桜子さんもたいていのことは知っていたのではないか。

しかしこの年の夏休み、若牧師と商店街で会い、家へお伺いしたいといわれ、私は困っていたと思う。彼が自分たちのことを知っているのかどうか半信半疑だったし、私はどう対応していいのかわからなかった。

今から考えると、彼はなにもかも知っていてそういったと想像され、これはかなり残酷なことだったと思う。私がその春受けた衝撃の深刻さを、若牧師は予想もしなかったのだろう。

九月六日零時十五分から三十分

浜崎と名曲喫茶「ウィーン」を出て千日前の「いづも屋」で〝まむし〟を食べ、南海電車に乗った。彼は堺へ帰るので急行に乗り、私は住之江行の各停だ。

終電の一つ前の電車で、乗り合わせた客は厚化粧の夜の蝶ばかりだった。バーのマダムとかキャバレーやアルサロのホステス、飲み屋の女将、化粧が浮いて目尻の皺が目立ち、白粉と女の汗の匂いで、車内はむんむんしていた。

萩之茶屋で降りて夜風にあたった時、私はほっとして生き返ったような気持になった。

シャッターの降りた商店街を抜け、国道に出て、プラタナスの並木道を教会の前までやって来た。

教会の玄関の扉の前の階段の上に、ルンペンが二人ごろ寝をしていた。教会の塀に沿って左へ折れると、その暗がりで抱き合っていたらしい男女が、私の足音であわてて離れた。教会の裏口を素通りして、塀に沿って再度左に曲った。国道に面した正面からは真裏に当たる。そこからは塀越しに、二階の響子の部屋の窓が見えるはずだ。

響子の部屋には、そこだけぽつんと、まだ電気がついていた。私はその明りにひきつけられて足を止めた。月の光と外灯の光から逃れるために、塀の反対側の家の軒下を選び、そこにたたずみ煙草に火をつけた。

教会の庭からは、かなり激しい虫の音が聞こえる。教会堂越しに国道から、かすかな車の音が伝わってくる。家並みの一つからは、深夜放送のバッハのピアノ曲らしいのが流れてきた。いや、音楽は、彼女の部屋から流れてくるのか?………。

彼女はどうやら本を読むのに夢中らしい。腕時計は零時をまわっている。小説?……に熱中して、すでに六日になっていることに、気付いていないのかもしれない。

同じ夜の中で、響子は私と共に呼吸をしている。窓の内と外で、同じバッハを聞いている。

彼女が窓から姿を現わすのを期待して、私はなお軒の下の暗闇に身をひそめていた。

ふと、窓のカーテンに黒い影がうつって、明かりが消された。響子はベッドに寝ころびながら、本を読んでいたらしい。身を起こし、机のスタンドの灯を消したのだ。彼女と私の間のつながりは絶たれた。窓にともっていた、愛の灯は消された。

私は煙草を捨て、暗闇を出て、彼女の窓の下を離れた。なにかほっとして、肩の荷が降りたような気持で、家路についた。

九月七日

私はさっそく夢を見た。

よく晴れた大空を飛んで、私は響子の窓の下にやって来た。窓の下隅の方から顔を覗かせて、机に座っている彼女をうかがった。最初見た時は彼女の髪の毛しか見えなかった。今度は左隅の方から顔を出すと、うつむいている彼女の眉毛の端がちらっと見えた。自分の姿が見つからずに、なんとか彼女の顔が見られないかと、響子の窓の下であっちこっち位置を変えて、頭を動かしていた。

で、恐る恐るもう一度顔を上げると、彼女は真正面から窓の外を向いて、私の顔が現われるのを待ちかまえている。私がそこにひそんでいるのを、彼女はとうに知っていたらしい。

「あんたは見つかるとあかんから、屋根の上に隠れとき」

響子は声をひそめ、やさしくいった。

私はあわてて空中を飛び、瓦屋根の上に腹ばいになった。上空を何機も飛行機が飛び去って行った。私は必死に身を縮め、ななめになった瓦にはいつくばった。それが行った後、再び空中に飛び上がり、平泳ぎのかっこうで空を泳ぎ廻った。

すると響子が、見たことのある屋根の軒下に隠れていた。桜ノ宮にある泉布観《せんぷかん》のようだったがよくわからない。らんかんのあるバルコニーのような所に立って、空を見上げていた。

私はその方へ飛んで行こうとしたが、急に身体の自由がきかなくなってしまった。力を込め一心不乱になって手足を動かしたが、しだいに低空飛行をよぎなくされ、彼女の姿を見失ってしまった。彼女の居る方向を見定めるため、もう少し高く上がろうとするのだが、あせればあせるほど手足が動かなくなり、むなしく空を切るばかりだ。

私はやけに手足をばたばたさせたが、努力の甲斐なく、とうとう地面すれすれのところまで降りて来てしまった。その苦しみといったらなかった。手足をぴくぴくふるわせながら、目が覚めた。

九月十一日
十三日に東京へ帰ろうと思っている。
このひと夏、私はとうとう教会へは行かなかった。このために、私は非常にかたい決意をしたわけでもなければ、一大決心をしたわけでもない。自然にそうなった。
確かに以前、響子にはもう会うまいと、かなり真剣に心に誓った。私はその時、悲劇的感慨に酔っていた。しかしこの夏休み、教会に行かなかったのは、そんな気持からではない。では何故、響子のいる教会に行かなかったのか……。

昨日、中村の家からの帰り道、自転車で教会の裏の道を通った。そして、彼女の部屋にやはりそこだけ明かりのついているのを、見ることができた。おまけに彼女の黒い頭の影さえ、レースのカーテンに映っているのが見てとれた。

時間は十一時。私は自転車を止めて、声をかけたら聞こえる塀のすぐ下から、見上げた。すると夜泣きソバの屋台が、少し向こうの四つ辻に止まり、うるさくチャルメラを吹く。人の恋路をじゃまする奴は、馬に蹴られて死んじまえ……、私は舌打ちをして、自転車に乗ってそこを離れた。

一周して、再び響子の窓の下に来た時には、もう屋台はなかった。私は音を立てないように注意して自転車のスタンドを立て、それにもたれて窓を見上げた。

窓の灯は相変わらず夜の中に輝いている。暗い庭に光を投げかけ、勉強しているらしい彼女の黒い頭が時々動く。しかし、この前の夜のような彼女との一体感は、少しも湧いてこなかったどころか、私はなんだかばかばかしくなってきた。夜泣きそばをやり過したり、人影を警戒したり、自転車のスタンドを立てる音に心臓をどきどきさせたり、……ふられた女にこんなに神経を使って、こっそり彼女の影をうかがうなんて、どうかなってしまったのではないのか。

大の男が、小娘のようにおどおどして、愚の骨頂だ。御目出度さを通り越して、馬鹿の見本みたいなものだ。私は自分にひどく腹を立て、自転車を押して飛び乗ると、やけにペダルを踏んで、夜の町に風を切った。

その一夏、響子のいる教会に行かなかったのは、どうやらこの理由によるようだ。私はみじめにはなりたくなかった。彼女の顔を見たいためにのこのこ出かけて、ピエロにはなりたくなかった。私は無意識のうちにそれを警戒していた。この心理によるものだろう。私にはプライドがあった。馬鹿になりきれないプライドがあった。馬鹿になりきれない男には、本当の恋愛は出来ないのかもしれない。私は少し寂しくなった。

数日の内に大阪を離れるその夜、この発見は私を少しも楽しませなかった。

7

昭和三十三年七月十一日（大学三年）
島が、私がもう東京から帰っている頃だと見当をつけて、ぶらりと遊びに来た。彼は弟のだといって、当時では珍しいサイクリング車に乗ってやってきた。
二人は家の北側の日陰の縁台で話し込んだ。三十数軒の貸家が並んでいたが、まだ広場が残っていて、洗濯干場や子供の遊び場になっているそこは、風通しがよかった。小学生や中学生はまだ夏休みではなかったから、昼下りの広場は静かであった。
島は船に乗って廻った国々の話をした。船員になって、丁度世界一周して来たことになる。ひげ面のごっつい男に抱かれて、甲板の上でダンスをしたことや、アフリカの女のきめの細かい黒い肌のこと、陸へ上がって食べる料理がおいしかったこと。

私は東京での学生生活の話をした。考えてみれば、島とはアメリカ航路の帰途、芝浦桟橋に着いたといって、干ぶどうを土産に彼が東京の下宿へ訪ねて来て以来だから、一年半ぶりに会ったことになる。

彼はこれきりで船を降りるといった。小柄な彼には、とても体力的についていけないということだ。もう一度勉強しなおして、来年大学を受けるつもりらしかった。だからたいして面白くない大学の話を、彼は熱心に聞いた。

少し陽が傾きはじめた頃、二人は自転車で出かけ、天下茶屋《てんがちゃや》の彼の家に自転車を預け、南海でナンバへ出て、宗右衛門《そうえもん》町の喫茶店「黄昏」に入った。

私はそこで実存主義の話をした。実存主義は私の生き方に決定的な影響を与えた、と熱っぽく語った。これが一段落した時、今度は女の話になった。好きな女と、気に入った家に住み、望み通りの仕事をするのが、男の理想だと島は何度もいい、それから初恋の話になったのだ。

ここから私は聞き役にまわった。

断片的なものとしては、彼の高校時代の初恋の話は聞いていたが、こんな形で時間をかけ、初めから順序を追って聞くのは初めてである。それは大変に興味深く、この小説を仕上げるためにいい刺激になった。

最初そんな彼の話に対して、大変に気後れし、引け目を感じていたのだが、一通り聞き終わった後、それで終わりか……という気持になった。つまり彼の初恋には、最初と終わりがあるのだ。これは当然のことだが、この当然のことが、私には理解困難だった。私の場合にはこういう風には語れない。……ということは、つまり書くしかないのだ。私はしみじみそう感じた。

南海を天下茶屋で降り、島の家から自転車を引き出して、深夜の国道を走った。……教会の前を通りかかったのは、夜中の十二時半頃だっただろう。私はスピードを落とし、その横の道を入った。私はたちまち去年の夏のことを思い出した。じっと闇にひそんで、響子の窓をうかがっていた、あの緊張した気持を……。

しかし今夜はだめだった。私はスピードを落としその横を通りかかったが、あっけなくそのまま通り過ぎてしまった。塀はいたんでがたがたになっていたし、木は伸び放題でちょっとお化屋敷のようだった。一年の間の変わりように驚き、そして過ぎ去ってしまった。

そこを行き過ぎてから、私はひどく年を取ってしまったような気持になった。あの場所で私の人間形成がなされたのか、といささか感慨じみたものが湧き上がってきた。闇の中に浮かび上がっていた教会は、確かに多くのものを私に与え、絶えず私に道を迫った。しかし今夜、それは何も語らなかった。街角の一つの建物に過ぎなかった。私の足を止めさせるものは何も持っていなかった。

低い家並みの暗い道に、再び自転車のスピードを上げながら、私かもう一度教会に行っても、再び神のことで悩むことはないだろう、もう一度響子に会っても、再び恋愛感情を持つことはないだろう、と確信に近い気持で思った。

七月十三日（日曜日）

一年半ぶりに、私はついに教会に出かけた。

朝、教会へ行こうと思って八時半頃から起きていて、しかし決心がつかずに縁台にぼんやり腰かけていた。私は決断力が弱く、よくこういうことが起こった。

十時頃浜崎がトヨエースに乗ってやってきた。このために一応は教会へ行くことを断念したが、彼との話の中で教会のことが出てきて、実は今朝行くつもりだったというと、彼の車で送ってやろうというので、にわかに行くことを決心した。

浜崎はどこか加減が悪いのか、大変に痩せていた。彼の家族は多く、しかも彼は長男で苦労が多い。そんな彼に家族の人は無関心である、と思われ、運転している浜崎の横に腰かけながら、私は一人腹を立てた。そのうち、車は教会の横に着き、私一人を残し、彼は帰っていった。

一年半前まで、教会へ来ていた時に感じていた、いつもの感覚が戻ってきた。私の感覚の中でその一年半はまったく空白であった。しかし私の気分はそうはならなかった。一年半のこだわりが実在していた。だが私はとまどうことは出来なかった。なぜなら今私は教会の玄関の前に立っていたし、浜崎は帰ってしまったのだから。

玄関を入り、下足箱に靴を入れ、スリッパをつっかけた。まったくいつもの通り、何も変わりはなかった。私には重い気分があっただけだ。潜り戸を押して、礼拝堂に入った。

私は会堂の中を見廻すことが出来なかった。気持の中に、やはり一年半の重いこだわりがあった。潜りから一番近い席に腰かけようとしたが、そこには女持ちの荷物が置いてあったので、そのななめ前の席に腰を降ろした。私は二、三分、例の通り頭を下げたが、祈ってはいなかった。今日は老牧師が説教をしていたが、何を言っているのかさっぱりわからなかった。しいてわかる必要もないと思っていた。ななめ後ろの、私があやうく座りかけた席に、茶色のスカートをはいた女の人が座った。茶色のスカート……響子の好きな色だ。私もその色が好きなくせに、彼女に先にそういわれると、茶色は下品だ、などといったことを苦々しく思い出した。

響子か?……だが、私は後ろを振り返ることはしなかった。説教が終わり、祈りの時間になった。

再び顔を上げると、響子はオルガンの前に座っていた。彼女はこの一年半の間、すこしも変わっていないように思われた。短大だから、今年の春には卒業しているはずだ。私は冷静だったので、彼女がそれほど美しくなかったことに失望しなかった。

私は前に座っている人の頭にかくれるようにして、讃美歌を唄った。すぐ前のあたりで聞こえるきれいなソプラノは、高木さんだろう。彼女は少し見ぬ間に、とにかくだいぶ美人になっていて、自信あり気だった。その後献金になり、もう一度讃美歌と最後の祈りがあって、朝の礼拝が終わった。

　司会をつとめていた隆志牧師の報告が終わる頃には、私はやっと落ち着きをとり戻した。礼拝の途中、二度ほど、抜け出して帰ろうかと思ったが、もう大丈夫だった。どんなことがあっても、私は失態を演じない自信がついた。若牧師が壇を降りて来るのを待ち、まず彼に挨拶をした。

　次にオルガンの蓋を閉じてやって来た響子と挨拶を交わした。それはなんということもない挨拶だった。初恋の原因になった人がそこにいたけれども、イメージの中のその人とはずいぶんと違っていた。その後、彼女はどこかへ行ってしまったが、私は少しも気にならなかった。

　彼女の兄の弘志さんに、昼から教会の大掃除を手伝ってくれないかといわれ、私はオーケーをした。もう一度、教会の仲間に入るのかと思い、私はいささかうんざりしたが、どうせこの夏は退屈だし、それもいいかと、あまり思いわずらうことはしなかった。

　私の響子に対する感情は、やはり変化しているようだった。まだ一度会ったきりではわからないが、以前のようなときめきや緊張、晴れがましさや恥ずかしさ、あせり苛立ちといった波立ちが少しも起こらなかった。私には充分な余裕が生まれたように思う。

　こういう状態の中で、もし再び恋愛感情を抱くことがあっても、それは今までとは質的に違うものになるだろう。後で私に訪れた、やりきれない淋しさは、このことに原因していたと思う。教会の表側にあるヒマラヤシーダーに登り、茂り過ぎた不要な枝をノコギリで切り落としながら、私も、生きるためには勝ち抜いていかなければならない、とそんなことを考えていた。私には神はなかったが、この世には善も悪もない、人間しかいない、という実存的な信念があった。教会の人たちは以前のようなよそよそしさはなく、なぜかひどく身近な生な感じであった。

彼らをよそよそしく感じたのは、高校生だった頃の私自身に原因があったのかもしれないと思った。私も生な形で接することができた。まったくこの世には人間しか存在しない。私には神は不在だったが、なにも恐れることはなかった。

彼女の兄さんと二人、教会の庭のヒマラヤシーダーの枝を次々と切り落とし、すっかりほこりだらけになってしまった。桜子さんに、仕事の前に、服を着替えなさいといわれ、まったくそうするべきだったと後悔した。響子の居る牧師館でそんなことをするのが嫌で、私はことわったのだが、そんなことにこだわる必要はなかったのかもしれない。

私は服に着いたほこりをはたき、洗面所で顔を洗って、小会堂でオルガンを弾いていた宮本さんの脇に立った。彼女は私より二つほど上であったが、なかなかオルガンが上手だ。彼女が弾き、私は唄った。そうしていると楽しい雰囲気だった。

「この曲、知ったはります？」

「モーツァルトのトルコ行進曲」

私はいそいそと答えた。

宮本さんは一曲弾く度に、またはむつかしい個所にさしかかる度に、私の顔を見、頭をかしげた。ちょっと所帯じみている感じであったが、悪くない雰囲気を持っていた。彼女は話を聞くと、商店街の真中辺のカバン屋の娘であるらしかった。響子が以前手伝っていて、私と会い、修学旅行の話をしたのは、その店だった。

かなりして宮本さんは帰り、入れ違いにパラソルを差した高木さんがさっそうと現われた。私は彼女に椅子をすすめて座らせ、一年半ぶりに言葉を交わした。

「もう教会へ来んとこ思たんと違う」

彼女は開口一番そんなことをいい、私を閉口させた。

「去年の夏も、今年の春休みも大阪へ帰らなかったから……それから正月は帰って来たけれど、ほんの少し居ただけだし……」

私は嘘も交えて、しきりに弁解した。高木さんは、ふんふんと聞いていたが、私の言葉を信用したかどうかはわからない。

この夏、東京でキリスト教の世界大会があるので、彼女は東京へ行くというので、それではいい江戸っ子を紹介してやろうと私はいった。彼女がしきりに遠慮をするので、ひょっとしたら、もう好きな男でもいるのではないかと思ったが、私はそこまではいわなかった。

高木さんは、花園町の交差点の、私の叔父が石鹸屋をしている隣の、食堂の娘だった。スタイルが良く、歯切れのいい大阪弁で喋るので、それを聞いているだけで楽しくなった。

彼女と話していると、弘志さんが風呂に入れとすすめにきた。私は響子に会うのはおっくうだったし、彼女も私と顔を合わせるのはめんどうだろうと思って、今度もことわった。私たちは近くの高砂《たかさご》湯へ出かけることにした。小原君が牧師館からタオルを借りてきて、

「今、響子さんが風呂に入ってる……」

と報告した。

私は瞬間、響子の裸を想像したが、目の前に高木さんが立っていたので、それはすぐに消えてしまった。

私たちは古い下町の風呂につかり、汗とほこりを落とした。島田君もやってきたので、帰りは四人になり、アイスキャンデーを食べながら、教会の前まで帰り、大掃除の出来映えを眺めて話し合った。

裏の木戸から入ると、弘志さんはそこで私たちに夕食を食べていけと、さかんに勧めた。私はやはり、こんなに辞退したことが今までになかったぐらい、しきりにことわった。まったくいい気になって教会に残っているうちに、とりかえしのつかないことになってしまったと、私は後悔した。響子はこんな私をどう思うだろうと考えると、まったく気が重かった。

しかし桜子さんが出て来て彼女に勧められると、他の人の手前もあって、もうことわりきれなかった。私たち四人は一緒に玄関を上がり、テーブルに着いた。幸いなことに、そこには響子は居なかった。

牧師の家庭というのを久しぶりに見て、私は小説を書くためによく観察しておこうと、そん

なことを考えた。丸い眼鏡の若牧師はよく太っていて、よく食べた。色々と御馳走があって、味の方もなかなかのものだと思った。若牧師は機会を捕えて神の話をはじめたが、桜子さんが子供の話を途中からしたので、それは中断されてしまった。彼女にしてみれば、食事の時ぐらいという気持があったのだろう。若牧師はちょっと気の抜けた顔になったが、それでもまたにこにこと話を続けた。

私たちは御馳走さまをいい、牧師館を出た。これでやっと帰れると思い、教会堂の方へ聖書と讃美歌を取りに戻った。すると安井さんが入ってきた。彼女に会うのも一年半ぶりだ。彼女は東京の下宿へ数度手紙をくれ、ぜひもう一度教会へ来るようにと書いてよこした。私はその誘いの通りこうしてやって来た。私たちはそこで立ち話をした。彼女はちょっとばかり恥ずかしそうな様子だった。

そうこうしているうちに、宮本さんが入って来、他の人も次々入って来た。気がついてみると、もう夜の集会の始まる時間になっていた。そんなわけで、この日曜日、私は一日中教会に居ることになってしまった。

私たちがそんな風に玄関で話していると、響子のやって来るのが見えたので、あわてて便所へ行くふりをして逃げ出した。私はいったん玄関を出て、日の暮れたプラタナスの歩道をぶらぶらした。私はそこで少しばかり感傷にふけるつもりだったが、感傷はどこからもやってこなかった。ネオンがともったり消えたり、ヘッドライトを光らせた自動車が無数に走り過ぎ、アベックが仲むつまじく腕を組んで私の前を行き……私はばかばかしくなって、再び教会の玄関の階段を上った。

集会がはじまり、私は一番後ろの席に腰を下ろした。弘志さんが来て私の横に座ったが、彼はしばらくすると忙しそうにして立って行き、その後に小さい子供を二人連れ、なおかつ赤ん坊を抱いた女の人がやって来た。響子が遅れて入ってきて、私の前の椅子に座った。

私の横の婦人の抱いている赤ん坊が泣き出したので、響子が引き取り、立って行き、赤ん坊を両腕に抱いてあやした。しばらくすると赤ん坊はすやすや眠り出し、響子は女の人にちょっと笑ってみせ、後ろの方のベンチに座布団を敷き横にした。するとその次の子が今度はむずかり出し、女の人はその子を膝に乗せた。私はもう一人の子を横に座らせ、響子の手渡してくれたウチワであおいでやった。気持がよくなったのか、その子は私にもたれて眠ってしまった。

しばらくすると、後ろの方で寝かしていた赤ん坊が再び泣き出した。響子は私からウチワを受け取ると、ベンチの横に座り、赤ん坊をあやしながら風を送った。一度泣き声は止んだが、また泣きはじめ、彼女は赤ん坊を抱いて揺らしている。それでも泣き止まず、

「やっぱりあかんわ」

といって母親のところへ連れてきた。

「おなかへってますねん」

といって女の人は赤ん坊に乳房をふくませた。その間、二人の子供の面倒を響子と二人で見

ることになった。

かつての雰囲気が、いつのまにか二人の間に戻っていたが、集会の合間でもあり、私たちは直接にはほとんど言葉を交わさなかった。確かに響子とは他人ではない、それは当然であるが、だからといってどうこういう問題ではなかった。

そんなこんなで集会は終わり、その婦人には礼をいわれたが、結局私は説教を何も聞かずじまいである。私は宮本さんと安井さんと小原君と、私たちを送って行くといって出てきた弘志さんと、五人で教会を出た。

教会を出てしばらく行くと、響子が後から走って来て、私の横を歩いていた宮本さんと手を取り合って喜び合った。なにがそんなに嬉しいのかわからないが、その動作が少しも不自然ではなく、私までが嬉しくなってしまった。宮本さんと響子は、教会の中でも姉妹のように仲が良かった。

商店街の入口で、響子は「芳月」へ行こうと皆んなを誘った。私はその時金を持っていなかったので、帰るつもりでいた。私は右へ折れ、続いて小原君も一緒に続こうとしたが、彼はたちまち誘いかけられ、彼は私の顔を見た。するとすかさず響子が、

「行けへん」

と私の方を見た。

「お金がない」

と答えると、

「ううん、ある」

となお私の顔を見る。

困ったことになったと、小原君の方を見ると、彼もちょっとばかり弱ったという表情をしてみせた。宮本さんや安井さんがわいわい誘い、私はとうとうのこのこと出かけることになってしまった。私は実際一日中教会にいて、やっぱり緊張し続けたのか、かなりの疲れを感じていた。国道を渡る時、そんなことでもたもたしていて、信号が赤に変わり、私と宮本さんが取り残されてしまった。どういうわけか、私たちは電気ミシンの話をしていた。私の家でも最近買い、妹たちがいじりまわしていたので、宮本さんの話がよくわかった。

二人は知らずに「芳月」の前を素通りしていたらしく、前から知った人が来て、後ろから響子たちも物陰から出て来て、大笑いになったが、私も宮本さんもきょとんとした。

「せやから隠れ、いうたのに」

「わかれへんかったもん」

「えらいとこ見つかりましたなあ」

「大勢そろうて、どちらへ……」

「……アイスクリーム」

ここでまた笑いがはじけた。

向こうから教会のよく知った人が来たので、響子たちは横丁へ隠れていた。そこへのこのこ私たちが来たので、響子が声をかけたが私たちは気づかず通り過ぎ、その人と出会ってしまったということらしい。

芳月では四人掛けのテーブルであったので、女三人、男三人と隣り合わせのテーブルに座ることになった。女の子が注文を聞いてきたが、私は人の金を当てにしていたので黙っていると、響子は隣の席から声をかけてきた。

「何にする？」

「皆んなのするのでいいよ」

私はすまして答えた。全員、アイスクリームになり、再び大笑いだった。小さな喫茶店だったし、夜も遅かったせいか、客は私たちしかおらず、弘志さんは芳月の女の子をからかい、私もあいの手を入れたので、女の子たちはきゃあきゃあ笑った。東京でも中村らと喫茶店の女の子をからかうのに、ちょっとばかり精を出していて、私はむりをしているような気がしなかった。

しかし若干は、響子に対する煙幕でないことはなかった。かつての私は、彼女の前では、こういう冗談のいえない、むさくるしい男子高校生だった。しかし年を取れば私だって変わるのだ。女の子を笑わせることぐらい出来るのだ、という、こういう気持がなくはなかった。

幸いなことに、私には余裕があった。そういう自分を客観的に見ることができた。だから私は、女の子を笑わせていても、きざにならないですんだし、弘志さんと組んで、響子たちをもずいぶん笑わせた。言葉が次から次へと湧いて来るのだった。響子はその間中、どんな気持でいたのかはわからない。そこまで観察する余裕は、私にはなかったことも確かである。

そこを出る時になって、小原君が私の分を出すといい出してきかなかった。

「わたし、とにかく彼の分は出す」

と響子は怒ったようにいい、譲らなかった。

「わたしが白河さんを誘ったのだから……」

と彼女はいった。

私たちは外へ出て、商店街の入口で別れ、私は響子に、

「ごちそうさま」

と礼をいった。

「どういたしまして」

今度は彼女がすましていい、彼女の方でも一年半にこだわっている様子だったが、本当のところはわからない。

人通りのとだえはじめた商店街を、次々と別れて一人になって歩きながら、今日の出来事の中で、ちょっと気にかかることを私は思い出していた。

響子はひょっとして、もうすぐ結婚するのではないか、もしくはそういう相手が決まったのではないか、という私の受け取り方だ。

なぜそんな風に思うようになったかと、私はある場面を頭の中で再現して、それを検討してみた。

牧師館の夕食のテーブルに、私の知らないいくつか年上の青年が、一緒に着いていたのだ。教会でそんな男を、私は見たことがなかった。しかるに彼は、若牧師や桜子さんに、家族並みの扱いを受けていた。

「浩ちゃん」と彼は呼ばれていた。「こうちゃん」というのはそんな字を書くのかどうかわからない。「こう」などというのはいっぱい字があり過ぎて、どうにでも書ける。私は、彼は一体何者だろうと最初思ったが、そのうちに忘れてしまった。

しかし今、夜の道を辿りながら考えるに、どうも響子の相手としてふさわしい。もしそうだとすれば、この「後述章」はあまりにも早く片がつき過ぎるが、かえってその方がいいのかもしれない。そんな形でもなければ、なかなかこれは結末がつかない。

——今日、これは当然のことだが、二人は知らぬ仲ではなかった。

しかし、一年八ヵ月前、初めて私が響子を誘い、その後二人のいろんなことを話し、電話で長々と打ち合わせをしたあの正月の私たちは、そこにはいなかった。それより以前の、二人がそこにはいたが……。今まさに燃えさかろうとした、あれは……消え去っていた。したがってそれに続く日々は、私にとっても、おそらく響子にとっても、それを消し去る日々であったようだ。

あれは何かの間違いだったのかもしれない。その間違いに私はこだわり過ぎていたのだ。そう考えるのが正当だろう。この日の再会は……だから、私にとって幸福でも不幸でもなかった。

そこには、……ささやかな現実があっただけだ。そして淋しさだけが残った。

九月四日朝
――駅の構内で――

朝、私は久しぶりに、非常な悲しみに襲われた。

夢の中で、近鉄の上本町駅の構内らしい人の交錯する雑踏の中で、響子を捜していた。彼女はここを通ってどこかへ行ったのだ。どこかへ……多分、足早に雑踏を抜けて、出口の方へ……。彼女は最早二度と、この人混みの中に姿を現わさないことを、私は知っていた。この人混みを横切って、彼女はどこかへ行ってしまったことだけを、私はなぜかはっきり感じていた。

もうどこを捜しても響子のいない、しかし彼女の通り過ぎたぬくもりの残る、駅の雑踏を、悲しみに胸を閉ざされながら眺め、立ちつくしていた。

目が覚め、悲しみの中で、響子をまざまざと思い出した。彼女のぬくもりを……。私の恋せる唯一の女は、閉ざされてしまった。人混みに足を早め、どこへともなく去って行った。私はもう一度目を閉じ、さきほどの雑踏をはっきりと思い浮かべることができた。やはりそこには響子はおらず彼女の通り抜けた、駅の構内の雑踏だけが、もの悲しく置き忘れられてあった。

8

十月三日

『響子への新しい最後の手紙』

神田の印刷所へ行った帰り、銀座を歩きましたが、通る人たちが全部透明に見え、秋は水の底です。ブリヂストン美術館でポール・クレーの絵を見て、「らんぶる」でドビュッシーのピアノ曲をリクエストしました。

私がまだあなたのことを思っていることに驚きもし、うんざりもするでしょうが、もう御安心ください。私にはドビュッシーの好きな或る女との、新しい恋愛がはじまろうとしているのですから……。

この際、私はどうしてもあなたのかつての、あるいは今の私に対する気持を聞きたいと思い筆を取りました。私に、答えるほどの感情を持ったことなどないとお考えになるなら、例えば、地下鉄の花園町で待ち合わせをした日、どうしてあなたは私にことわりを言いに来たのですか、それ以後どうしてあんなにそらぞらしくなったのですか？

それらのことはあなたにとってはたいしたことではなかったかもしれませんが、私には大変なショックでした。私はそれ以来、根強く女性に対する不信感と、劣等感を抱くようになりました。ですから今、その原因を探求してそれを取り除き、新しい恋愛にそなえなければなりません。

素直にいつわらず、御迷惑でも、私に関することならなんでもお答え下さい。私はそのことについて色々と考えましたが、今の私にとってはあなたの真実の気持を知ることのみが本当に大切なことなのです。

ありえないことでも、あなたがもし私を好きだとすれば、私はもう一度考えなければなりませんが、それ以外なら、あなたに迷惑をかけるようなことは絶対にないと思います。私はフロイト流の治療、私の女性に対する不信感や劣等感は、初恋の際に女性に嫌われたからだということを知ること、をしなければなりません。

私の友達に尖端恐怖症の男がいましたが、それは彼が小さい時、フォークで目をついてあやうく失明しそうになったからだ、ということを知って以来、彼の恐怖症はしだいになくなりました。

私の不信感や劣等感も、最初に恋した女性に嫌われた、無視された、その他……本当の気持を知る必要があります。原因を知ることにより、しだいに治療されるのではないかと考えます。

どうか一人の人間の愛情の人生に明るい光を投げかけると思って、あなたは私をどう思っているのか、あなたの私に対する真実の気持をお知らせください。返事をくださらないとすれば、私はただ、あなたの人格に失望を感じます。

白河静雄拝

甲田響子様

これほどきびしい、そして恥ずかしい手紙を、私はそれ以前も以後も出したことがない。後述章の創作ノートに、この手紙の控えが残っていて、それをここに書かなければならない時を、実は恐れていた。

この手紙の返事はこなかった。響子は私に対しては徹底して手紙を書かなかった。

〈一年の終わりの日に日記を焼く女〉……響子はいつか、私にそういう意味のことをいった。自分は大晦日にその年につけた日記を焼くのだと……。私はそういうタイトルで雑文を書いたことがある。一年の終わりの日に日記を焼く女の、心理を分析し、そこから響子を推し測ろうとした。どういう推理をしたのか記憶にないが、彼女が私に手紙をくれなかったのは、同じ心理によるものかもしれない。

しかしこの小説をここまで進めてきて、書いたものとしての返事はよこさなかったが、響子は口頭では必ず返事をしていたことがわかった。

第一の手紙は、高校二年の時だ。青臭い議論の満載していた手紙だ。こういう手紙を書くのは、君ともっと話がしたいからだ、もっとお互いをよく知りたいからだ、と書いた。これがきっかけになって、私たちはいろんな問題について話し合うようになった。だから響子は間接的に答えていたことになる。

第二の手紙は、大学一年になった春、東京から出した。彼女に対する批判や自分に対する批判、ことに響子の態度や性格についての批判は相当こたえたらしかった。夏休み、彼女はこれについてさかんにいった。この手紙は彼女に少なからざる影響を及ぼしたようだった。

第三、第四の手紙は彼女への決別と謝罪の手紙であり、当然返事を期待したものではない。それは一方的であり、そして一年半の後もこだわりとして残るものであった。若干、卑怯《ひきょう》なやり方であったと思う。

ところで、ここで書いている高校二年生の終わり頃に出したと思われる第一の手紙の控えが、資料の中に残っていたのだ。この扱いについて実は今、苦慮している。書かれている内容は、確かに青臭い議論だし、響子ともっといろんなことについて話をしたいというのが主意なのだが、書き方そのものが大変に思い切ったものなのである。

最後の手紙を、きびしい恥ずかしい手紙と書いたが、最初の手紙にすでにその傾向があり、そうすると私は響子に対して一貫してそんな態度で接していたことになるではないか、と考え込んでしまったのだ。当然響子の方からの反発があっただろうし、とすると第一部「わが心の森ふかく」は事実はどうあれ、私の記憶とは、実際はかなり違った進行ではなかったかと、頭をかかえ込んでしまわざるをえない。

記憶というものが過去を甘くするというあやまちを、私も無意識におかしていたらしい。とすれば、書き直したところでこの修正は不可能だろう。当時の気分を理解するために、響子への第一の手紙をここへ書いておこう。それですまそうというのではないが、これは私の想像力の限界である。

日付け不明
『響子への第一の手紙』

僕はまず、君に手紙を書くという、この気持から分析していかなければならない。というのは、僕は偶然をたよって、偶然な行為をとるという、悪い癖があるからだ。

卑屈かもしれないが、僕はこういうことを想像する。君は、つまらない男が、自分の人生に割り込んできたと高笑いしながら、この手紙を読んでいるのではないかと……、また僕が、この手紙が君の家族の手に渡るのを恐れていることを知っていながら、ある無邪気な気持からか、またはある悪魔的な気持からか、君が好んで牧師さんや、他の人やにこの手紙を見せるかもしれないということを……、にもかかわらず、僕はこれを書くことをやめない。すると君はまた笑うかもしれない。「それこそ快楽を求めているのだ」といって……。しかしこのことについては、もう少し弁解の余地があるように思う。

僕は月に一回か二回、島君らと議論をする。僕らがそれを始めたら、ほとんど一時間や二時間で終わりはしない。そこが喫茶店であろうと、運動場であろうと、教室であろうと、……議論をしながら、この上もなく相手を尊敬する。もちろん口では、相手の思想だって軽蔑しているが、心の中では舌を巻いている。そのくせ、その尊敬は二日ばかりしか続かない。平生は相手の存在すら無視するほど、軽蔑しているのだ。本当に奇妙だ。その奇妙さが重なると、僕らはまた議論する。そして尊敬するという順序だ。

少々無駄話が多くなったので急いで本題に戻るが、僕のいいたいのは、君とはそんな形で話し合う機会がないということだ。

僕は真実のことをいうと、教会で尊敬している人は、君と牧師さんだけだ。君の姉さんも尊敬していたが、妊娠するとただの女性になってしまった。もちろんそれが当たり前で、それでいいのかもしれないが……、僕がいいたいのは、君が男であればよかったのだ。女だから奇妙な具合いになって、それが島君らとの場合のように解決されないのだ。

これは僕の主観（君の好きなあの「主観」かもしれない。（君は実際「主観」という言葉をよくつかう）そして僕はまたこういうことを考える。君が土曜と日曜ごとに会う人物……その人物、つまり僕が、我が者顔に君の部屋へ、君の机へ、土足で上がり込み、こんな手紙を送り込む。君は僕の厚顔に驚くということ。

——僕のいいたいことは、こういうことではないのだ。

僕は君の物事に対する考え方……、融通のきかない、応用のきかない、相手の言葉を理解しようとしない考え方を、軽蔑している。そして、いかにも無鉄砲に、見知らぬ人であろうが、見知った人であろうが、その人たちの中に入って、すぐに嘴《くちばし》を入れ、大声で話し、大声で弁じ、無意識にか意識してか、少しでも相手より高位に自分を位置づけようとする気持、そういう気持が、君には多分にあるということだ。

今さら君の欠点を数え上げたってしかたがない。君がよく新語だか流行語を使うのも、何かや欠点があるに違いない。そしてそんな君を、俗っぽい一般の人たちを軽蔑しているように軽蔑している。しかし軽蔑しきれないものが君にはあるのだ。なにかの可能性みたいなもの、他の女性にはないもの、持っていないもの、……僕は君に最初に会った瞬間に、それがわかったのだ。それがなにか、今はっきりいうことは出来ないが……、それのゆえに、軽蔑しながら、尊敬しているという妙な気持だ。

つまり、君とはもっと話をする必要があるということだ。そういう表に現われていないなにか、ということ、そうしないとそれが僕にはわからない。

——とにかく、君を尊敬しているのだ。あるいは、君が女のゆえに尊敬しているのかもしれない。だから僕がどんな態度を取ろうとも、君がどんな醜態を晒そうとも、僕の君に対する尊敬は変わりはしない。これだけは信じてもらいたい。

僕はこんなことを書きながら、僕の一人相撲の気がして、はなはだ変な気持だ。そして今度の土曜日に君に会っても、手紙を出したなんてことは、みじんも憶えていないような顔をするだろう。

僕は数ヵ月ほど前、神の存在を疑い出した。あらゆるものの存在を疑って、ついに神の存在をも疑ったのだ。

僕の家の庭には椿があって、幼い頃、まだつぼみにならない前の椿の実を取って来て、それをばらばらに分解して見た。ところが、あれほど高雅な、あれほど立派な花を咲かせる実の中に、その要素が、花を咲かせるような美しい要素が見当たらないということに、大変驚かされた。こんなばらばらな青い実から、どうしてあんな真っ赤な花が咲くのだろう、と僕は考えた。

僕はこれと同じ流儀で、あらゆるものをばらばらにした。まず自分の存在というものを疑った。自分の肉体を分解すれば、幾多の細胞に分解されてしまうではないか。そしてこんな風に考えているのも、脳の細胞の働きに過ぎない。僕はいくら考えたって、脳の細胞の範囲からは出られやしない。

もしある化学者が僕の脳を取り出して、生理食塩水の中にそれを漬けたとしても、僕は生きているだろう。それに高圧のボルトを加えたとしたら、僕は地獄の苦しみの中で、踊り出すことになっただろう。僕を白痴にするには、数回の高圧ボルトの刺激で充分なのだ。僕がいくら高遠な思想を持っていたって、一つの電気刺激によって、そんなものは破壊されてしまうんだ。

僕は、自分の目さえも、自分の耳さえも、自分のあらゆる感覚さえも信じなくなった。僕の今見ている本さえも、このペンも、この机も、この家も、果てはこの大地も、この地球も信じられなくなった。僕が目が見えなくて耳が聞こえなかったら、世界は真っ暗でしんと静まり返っていただろう。おまけに触覚も臭覚もなかったら、そこになにかあってもわからない。そこにはなにも無いのと同じだ。

君は生まれた時を知っているか。母の子宮から生まれ出て来た所を君は見たか。君の周囲の人が「あれがお前の母だ」と君に教え込んだから、君はもっともらしくそれが自分の母だと信じているんだ。人々は嘘をついているかもしれないじゃないか。人間の関係とはそんなものだ。皆んな盲信しているに過ぎない。誰もつきつめて考えようとしないのだ、といった調子だ。

「美」これも一つの観念だ。他人が君にこれが「美」だと教え込んだんだ。ショパンの「別れの曲」を聞いて悲しいと感じたり、「白鳥の湖」を聞いて美しいと感じたりするのは、教育の産物だ。いろんな影響を受けて、そんな君が形造られたんだ。本当の君なんか存在しないんだ。

もちろん僕もだ。すべて影響の産物に過ぎないのだ、といった論法で、僕は一つ一つ否定していった。

すると友達の牧野はこう聞いた。「じゃ君が、今ここに生きているということはどういうことなんだ。現に君が今見ている物は、一体何だと解釈するのだ」僕は答えた。「僕が生きているということは、まったくの偶然に過ぎない。今僕が見ているものは、肉眼に映る虚像に過ぎない」

ついにあらゆるものの本質を否定して、神の存在を否定した。

しかし神は有るのだ。いくら偶然にしても、なにもなければ、なにかがなければ、この偶然は起こりえない。いかに僕の肉体が不安定でも、僕は厳然として生きている。僕がどんなに自然を分解しようとしても、その先にある自然は偉大としかいいようがない。故に、僕がベートーベンの第五番に感激したよりも、もっともっと確実に、神は存在するのだ。そうとしかいいようがない。僕の結論はこれだ。

静　雄

響子様

追伸
二度読み返してみた。僕の言いたいことは少しも書けてやしない。そのくせ僕の言いたいことが何であるのか判然としない。僕はなんでもこういうことが言いたいのだ。

「僕は君と真剣に話がしたい。しかし君が女だから、僕は妙な具合いになって変なことばかりいってしまう。その妙な具合になった僕を真の僕と思わんでくれ。僕は、真剣に話し合える友達になりたいのだ」

どうもこれも違うような気がする。結局、君がいったように、僕は快楽を求めていたのかもしれない。……わからなくなって来た。

君が女だからいけないのだ。僕は女なんて軽蔑していたのだ。無知で、軽薄で、反省がなくて、鏡を覗いてばかりいる。しかるに君はそうではないのだ。僕は女が「十把ひとからげ」だと考えていたのが、大間違いだとわかったんだ。それで手紙を書いたのかもしれない。とにかくわからない。もう一度考え直してみなくては……。

二伸
わかった、わかった！　この手紙を書いた目的がわかった。それはつまり、君が土曜日の晩の帰りぎわにいった言葉、この手紙にもう三度も出てきた言葉、あの「快楽を求めている」という言葉に対する反発だったのだ。僕はよほどあの言葉がこたえたらしい。日曜日、一日そのことを考えていた。で、今も無意識の内に反発の一手段として、ペンをとったのだ。で、僕はもう、この手紙全体がその態勢を整えているような気がする。
もうすぐ三時だ。えらい遅くなった。

では、おやすみ……。

とにかく偶然をたよってこの手紙を出すことにした。ひょっとして君がこの問題を解決してくれるかもしれない。それに原稿用紙をこれだけ使って、時間をこれだけ使って、このまま引出しに収《しま》っておくのは、いかにもモッタイナイと思った。かなりきついことを書いたが、……しかしこれは、クリスマスのあれとは関係がない。

「クリスマスのあれ」というのは何のことかわからないが、響子への初めての手紙と、最後の手紙を並べ（その間に四年の歳月があるが）これで終始一貫した。

私には話せないから書く、というところがあった。話す勇気がなかったこともあるが、話すことがへただったというのが妥当なところだろう。自分の意見が充分に伝えられない、だから書く、ということになる。

これに反し、響子の場合は、書けないから話す、というところがあるように思う。多分彼女は、何度か書こうとしたのではないか。響子はメモに書いて私に見せたことがあるが、すぐに握りつぶしてしまった。彼女は話す勇気があったし、その方が伝えやすかったのだろう。

十二月二十八日
その年最後の日曜日、私は久しぶりに礼拝に出た。

後述章創作ノートの二冊目の最後の部分をできるだけ忠実に書き写しておきたい。

——礼拝が終わって、桜子さんと話していると、しばらくして彼女は、

「響子ちゃんが、あなたに、なにか大事な話があるといってるわ」

といい、響子を捜してきて、私の前に立たせた。

二人が潜りから廊下に出て、玄関とは反対の、人があまり来ないところで向かい合うと、彼

女は少し顔をこわばらせ、すぐに、私に手紙の返事を書かなかったことを謝った。

それがすむと二人は急に気楽になり、二年前の親密さをたちまち取り戻した。そうはいっても二年の歳月があり、私はあらためて今昔の感を深くした。

私は彼女の言葉を聞く前に、彼女の様子から、響子は響子として悩んでいたことを思い知った。長い間の空白と思っていたのはそうではなく、あながち私の悩みが一人相撲でなかったことを感じた。

久しぶりに、私たちはよく喋った。互いのことを……。

「白河さんを、教会の中で、ただ一人、話のできる友達だと思っていた。白河さんを……神の問題で熱心に話し合ったり、自分たちの年頃の問題を真剣に打ち明けられる、唯一の人として、信頼していたし、たのもしく感じていた。楽しかったし、今思い返しても懐しい。それでよかったのに、白河さんがあんなことをしたので、わたしは大変なショックを受けた。

あなたも苦しんだかもしれないが、どうしてだろうとわたしも苦しんだ、本当にどうしていいかわからなかった」

彼女が一番恐れていたのは、私がしだいに教会に来なくなってしまうのではないか、ということだった。そしてその恐れた通りになってしまった。

「白河さんさえよければ、もとのような友達に、なんでも話し合える友達に戻って欲しい。クリスチャンとして、親しい友達として、これからも長く、つき合って欲しい」

この時の彼女の、私を教会に引き止めて置きたい気持を、私は素直に受けとることが出来た。

「ぼくの心の中には十字架があり、それはそんなに簡単に消え去るものではない。多分、一生残っていくと思う。それがある限り、ぼくはクリスチャンだし、教会に通うはずだ」

これが私の返事であり、本心だった。

「では今までのような、友達でいてくれる」

「ああ……」

「でもわたし、堕落したでしょ……」

「どうして？　大人になったということ」

「昔のように、あんなに思いつめて、ものを考えんようになったわ、……今度のことは別にしてよ」

「じゃ、ちょくちょくショックを与える必要があるな」

「こりごりやわ」

二年前の二人の雰囲気をすっかり取り戻していたが、どこか違っていた。私たちは笑い合いながら、それを感じていた。

その時の私の心を横切った言葉は、もう遅すぎる、という言葉だった。彼女が謝り、自分の気持をいい、彼女とのかつてのような親密さを取り戻したのは確かだが、どう考えてみても今さら遅すぎる、という気持だった。

なぜそれが遅すぎるのか……頬を紅潮させながら、目を輝かせ合って、神の問題や、お互いの人生に対する態度、お互いの性格や足りないところを、必死になって話し合った思い出は、私にも懐しい。しかし現在、それをする必要性は失われている。互いに考えもかたまり、大人になって、影響を与え合うことは出来なくなっている。

ではどうすればいいのか？……恋愛を抜きにして大人の親密な男女関係がありうるだろうか。まだ恋を知らない頃、もしくは知りはじめた頃、それは確かにあった。しかし私の恋愛感情が、それをぶちこわしてしまった。

彼女のいうような、そんな男と女の友情が私たちの間に、期待できるのだろうか。男と女の間に、本当の、親密な友情というものがありうるのだろうか？……こういう疑問形で創作ノートは終わっている。

9

『N君への手紙』

申し訳なかったが、志摩さん（ドビュッシーの好きな女性）とはうまくいかなかった。これは電話でいった通りだ。そうして、甲田さん（響子）との恋愛にも失敗した。

私自身、どうも彼女らとはタイミングの合わないものを感じている。いろいろ周波数を変えて、うまくキャッチしようと試みたが、根本的にいって長波と短波の違いがあるのかもしれない。だから何か基本的にお互いに考えていることが、理解出来ない。これはどうしようもない。私からだけがそう思うのではなく、彼女等自身、なんとはなしに私を敬遠しているのを感じる。本能的に、感覚的に、私を避けて通るのだ。

私の接した別の種類の女性とは、私はうまくやっている。種類などと書くのは問題があるかもしれないが、そう感じるのだ。

大道さんとはうまくやり過ぎて困っている。大変なことになりそうで、今はさかんに遠ざかるようにしている。森島さんとは最近調子がはずみ、これもつっぱりを入れておかないと大変なことになる。

こう比較検討して、統計的に次のことがいえそうだ。やはり私は、小説とか、小説を書く人間を理解してくれる女性としか、うまく行かないらしい。

小説を書く人間の考え方を、当然のものとして受け入れてくれ、その女自身、常識ではなく彼女固有の価値判断によって人生を選んでいく種類の人が、私を理解してくれるようだ。はっきりいって、私は普通の女性は駄目だ。真の意味の文学少女とでもいえばいいか、そういう人でなければ駄目なんだ、まったくの話が。

この点、そういう男を理解してくれ、それを当然のものとして受け入れてくれる和枝さんを得た君は、幸運な男だとしみじみ感じる。

小説を書く人間は、永遠に青年期だと思う。彼の中にあるのは、世間的な意味での価値の基準ではない。基本的なところで違っている。常識から割り出されたものではないから、固定していなくて、絶えず本人によって修正されなければならない。つまりいつまでたっても青年なのだ。

多分こういった人間は、死ぬ間際にいたるまで、「果してこの道でいいのか」「人生は生きるにあたいするか」「いつでも死ねるか」というような根本的な問題で悩み抜いているはずだ。いやはや、まったくやっかいなことに……。

人間とか人生を描かなければならない点に、小説家が、他の芸術家や科学者と異なるところがある。彼の職業と、彼自身の間を可能な限り接近させなければ、ものにはならない。彼の生き方が、すなわち彼の表現を左右するのだ。こんな職業は他にはない。

ここに小説を書く人間の、独得の人生観が生まれる。こんなことは、私より君の方がよっぽど考えていることだから、これ以上は書かない。——ただ、私の不幸は、そういう女性、真の意味の文学少女に、少しも魅力を感じないことなのだ。私自身が、小説家の私生活に魅力を感じないように。

が、今年度の目標として、いや一生の目標として、素晴らしい文学少女の出現を期待しよう。いやまったく、まじめな話なのだ……これは。

小説とか、小説を書く人間を理解し、愛してくれる女性でなければ、一時はうまくいっても、一生うまくいくことはないだろう。私が一生小説を書く書かないは別にして、そんな風に、今しみじみと感じている。

しごくまじめな話、若干自嘲もまじえ、……私はそういう女性の現われるのを待ち望む。

S・Sより

昭和三十四年三月末日

大学三年から四年への春休み、私は一、二度教会を訪れているはずだが、日記にはその記載がない。響子とのことを集中的に書くために作った創作ノートは、すでに終わりにしていたから、後は日記しか残っていない。

幸いこの中村に宛てた手紙の控えが、その間の事情を物語っている。すでに結婚して東京に残っている彼に、大阪から手紙をしたためたものだろう。

彼らに紹介されたドビュッシーの好きな女性、志摩さんとうまくいかなかった報告を兼ね、響子とのことを書いている。年末に和解はしても、必然的に私たちの間は離れていったのだろう。

彼女との交信は、サイクルの違いで、キャッチがむつかしくなっていたと思われる。彼女と会って話をしても、心に残るものはなかったに違いない。

五月二十二日

総てが嫌になった。

どうして気分がこんなに重いのだろう。

風呂屋でそれを分析しようと思ったが、失敗した。

いつもこんな時、自分の裸の身体を眺めていると、死にたくなるのだ。裸の身体は、それが現実であって、いい加減な生き方をしている自分自身と比較し、そんな動物的な生命が、あわれに思えてくる。こんないい加減な俺とつき合って、ろくな目に合っていないな、とその身体にあやまりたくなる。

そういう矛盾の中で、気持が引き裂かれ、死にたくなるのだ。その身体とももども亡びたくなる。自分の裸の身体を眺めていると、死ぬことだけが真実なように思えてくる。

とにかくこの重い気分を分析しなければならない。

部屋に帰って、机の前に座って考えた。母屋と庭をへだてた杉並の下宿の離れのこの部屋は落ち着く。誰も遊びに来なければの話だが……。最近のように友達の多いのも困りものだ。

明日、東京を離れ、建築士の試験のために東海道を下らなければならない。重い気分のこれが原因であることはわかっている。ただ、その内容はそんなに単純ではないのだ。

私は工業高校建築科卒業の学歴を生かして、再び建築に戻ろうとしている。夏休みや春休みにアルバイトをした工務店が、工事経歴を書いてくれた。これには浜崎が手助けをしてくれ、親父が手続きを済ませてくれた。

一通り勉強をしたし、後は試験を受けるだけ。一番むつかしいのは設計だが、今回はブロック造で、幸い今年の春休み、アルバイトでブロック造の倉庫の設計をし、現場監督の真似ごともした。だから心配することは何もない。

ところが、これら総てに対し気分が重いのだ。あまりにも作為的に自分の人生を選んでいることが、どうにもゆううつなのだ。文学は文学と割り切って、適当に自分の方向を決める、そんな自分自身がやりきれない。

本当になにもかも嫌になった。人生を投げ出したい気分だ。

10

一九六〇年一月十一日

かつての私を許し、

かつての人々を許し、

そして総てをほうむり去りたい。

一月十六日

日記を書くのも。

日記を読むのも、
ある期間、中止することを
宣言する。

一月三十日
決定したら何も考えないで行う。
その後で考えればよい。
好みをはっきりする。
誰にでも愛されようとしない。
欲張らないで清算する。
もうこんな「ナマヌルイ男」はごめんだ。
「ダンコ」としよう。
怒る時には怒れ！

二月二日
女に対しても、カーテン越しに声をかけるようなことはしない。
女に対しては、生でぶっつかる。

女は、身体で愛する。
小説……彼がどうするかということを、作者は知っていてはならない。
しかし、小説のことはそれ程考える必要なし。
考える程、小説を書いていないではないか。
……現代に生きることが大切。

二月十七日
もう一度、もとの私に戻る。
優しくって、人懐っこくて、怒らない男。
これが私の理想だ。

社会へ出るに際して、私はしきりに体勢の立て直しをはかっている。
勇み立っているのか、臆しているのかよくわからないが、くだくだと日記に書くことだけは止めようとしていたらしい。だからこれらは手帳の記述だ。

昭和三十五年三月六日
音楽が私の心につきささる。

夏の名残りの薔薇もそろそろ終わりにしなければならない。

東京の私の生活も終わった。

卒業式までのしばらくの暇を利用して、私は大阪に帰って来た。

この二月二十一日、私は教会に出かけた。

響子はいなかった。何度書いても同じだ。響子はいなかった……。

教会の人たちは私にやさしかった。響子の兄の弘志さんは私の肩をたたいてくれた。若牧師は私に握手を求めて来た。私は四年間を経て大阪に帰って来たのだから……再びこの教会仲間の中に帰って来たのだから。

それなのに、響子はいなかった。

二月二十五日に、就職が決まった。

中小企業の、中の方の建設会社だ。私は二級建築士を持っているのだ。

数日私は事務所に座って製図を書いている。教えられるままに、勉強しながら、基礎の施工図を書いている。

昨日は現場へ連れられていった。田んぼの中の造成された敷地だ。そこで現場監督の助手をするのだ。早速、土方の親方に引き合わされた。これから彼らと一緒に、工場を建設する。いわれた通りにすればいいのだ。現場のことは何もわからないが、なんとかなるだろう。しょせん人間と人間だ。

今日三月六日、私は再び教会に出かけた。

夕べの礼拝だ。

やはり響子はいなかった。

彼女の義理の姉の桜子さんが私を迎えてくれた。

礼拝の終わった後、私は再び桜子さんと話をした。

彼女は、私の響子に対する気持をよく知っている人だ。教会の中で、安心して、響子のことを聞ける唯一の人だ。

しかし私は聞くことが出来なかった。もし、響子が結婚したということを聞いた瞬間の、自分の狼狽が恐ろしかった。

桜子さんは、しきりに私の結婚のことを話した。

「もし、結婚したいという気持があるのなら、私がいい人を紹介してあげましょう」

私はむしろこの言葉が怖かった。彼女が今までいわなかった言葉だ。

どうしてこんなことを言い出すのだろう。響子は結婚して、この教会を離れ、所帯を持った……礼拝の途中、オルガンの方を私は何度も見た。オルガンの近くの椅子に座っている女の後ろ姿は、響子ではない。いよいよ讃美歌の時になり、彼女はオルガンの前に座った。やはり響子ではなかった。安井さんだった。

が、突然私の後ろで、聞き慣れた歌声が流れた。癖のある、きれいな、整った、唄いなれた声だ。私は感激した。やっぱり響子はいたのだ。……しかし、歌が進むにつれて、その女の歌声は、しだいに響子から離れていった。聞き慣れた声だったが、響子ではない。礼拝が終わり、私は振り返った。

そこにはにこにこ笑いかけてくる桜子さんがいた。……そして、響子はいなかった。

桜子さんは私を懐しがった。早いものだ、もう四年の歳月が流れたのだ。私は再び大阪の人となったのだ。また毎日顔を合わせられる、花園教会のクリスチャンに戻ったのだ。

しかし四年前のことが、どんな意味を持つというのだろう。過去なんてありえないのだ。この世界には現在しかない。

とうとう教会に響子がいなくなったのだ。かつて教会で私たちが過したのは、思い出ではない。無数の現在の一場面なのだ。現在がなければ過去もない。

そこに響子がいなくなった時、この現在の中で、彼女はもう積み重ねられなくなったのだ。現在には、彼女はもう、あれだけしか登場しないのだ。そこへ新しい響子を付け加えることは出来ない。

ひょっとして、偶然に響子は登場するかもしれない。結婚していたって、彼女はたまにはこの教会を訪れるだろう。だが私の方も、一層教会に来る機会が少なくなるだろう。とすれば、偶然は最早期待出来ないのではないか。

私は桜子さんに、響子のことを尋ねる勇気が湧かなかった。

彼女が結婚しているといえば、それはそれでいい。彼女が結婚していないのならば、それもそれでいい。

それなのに、私は桜子さんにそれを尋ねることはしなかった。できなかった。

私は夜の闇の中に自転車を走らせた。

私のまわりには、ごてごてした殺風景な大阪の街があった。

私がこの職についている限り、汗臭い、よごれた職人を相手にしていなければならないだろう。

私には、最早喜びはない。浮ついた、夢見心地の、激しい、燃える喜びはない。

ふとにじみ出るような、無秩序な、開放を感じるような、仕事の上の喜びがあるだけだ。生理的で、動物的で、利害関係のともなう、いやらしい喜びがあるだけだ。

私は再び霧の中を、またはバラ色の光の中を、嵐の森の中を、彷徨うことはない。きたない水たまりのような喜びと、重い西瓜のような眠りの繰り返しの毎日を、私は続けなければならないのだ。そこだけに救いを見出すような世界の人とならなければならないのだ。

私はもう一度薔薇が欲しい。薔薇の笑いと、薔薇の涙が欲しい。

私はこんなごてごてしたものは嫌だ。もっと美しいものが欲しいのだ。

四月十七日
復活祭、響子は結婚していた。

響子は夫婦連れでやって来た。

彼女は私のものではなくなった。社会的にも、彼女と私の間には垣根がこしらえられた。開けっぴろげで、楽しそうな現代的な夫婦だった。響子は夫の後について歩いていた。教会に遊びに来ている子供を彼女が抱いて、相手の男があやしていた。納骨堂の花壇の前だった。私は廊下の窓からそれを眺めていた。

長い間お世話になりました。花園教会もこれで私とは縁がなくなりました。本当にキリストにも長い間お世話になりました。私はこれから生きて行かねばなりません。

とうとう薔薇は咲いた。彼女は目の前にいきいきと甦った。が最早、私の触れてはならないものだ。響子の体温は彼女の夫のものなのだ。それが彼女の選んだものなのだ。娘としての響子は、終わった。

私の青春を飾ってくれた薔薇は、もうどこにもない。彼女は結婚したのだ。響子よ、元気に生きてくれ……。

これも終始一貫するために、今手元にある日記から、最初の頃の、……響子のことを書いた高校二年の終わりの頃の部分を、書いておこう。

一九五五年一月五日

……甲田響子というやつが好きになりそうだ。

道を歩いていても、すぐにそのことを思う。

今度の土曜日にまた会う。

なんといってやろうかしら……「こんばんは」も平凡だが、同じ彼女の言葉が魅力的なんだ。目が情熱的だ。恋の天才児というタイプかもしれん。

「こんばんは」……か、たまらんなあ。

二月十日
昨日ルーブル展を見てきた。ついでに京都を見物した。

平安神宮へ行った。知恩院も、高台寺も、清水寺も、京都神社の勤王の志士たちの墓へも参拝した。円山公園を通って、八坂神社を抜けて、祇園へ出た。

さんねい坂のうどん屋で、ここのうどんはまずい、……雨やみを待ってタタミに横になっていたら、つい二時間ほど昼寝をしてしまった。風邪をひいたのか、いまだになおらん。

響子が良いといっていたので、クールベの「追われる鹿」を買った。

彼女は逃げる鹿の足の線が美しいとさかんにいっていたが、俺はそうは思わぬ。鹿の腰付きがいかにも自然で、美しいと思われる。足の線などは普通だ。格別美しくもない。そこへいくと鹿の腰付きなどは、いかにも小動物の柔軟さと、機敏さを現わしていて素敵だ。

ところで、鹿は四つ足で、馬も四つ足だ。だからひよどり越えの逆落しが出来たのだ。で、足が四本あれば、腰は二つあることになる。頭は腰の上に乗っていることになるから、すなわち、俺のいわんとするところは……、何だかわからなくなってきた。妹が前で、数学の宿題をしていて、なんだかんだと聞くから、考えがまとまらぬ。今日はもうよす。

しかし鹿の腰付きは美しい。まあ、つくづく見ると、響子がいうように、足も美しくないことはない。

……私は、復活祭の教会の、その日の情景を、二十八年経った今でもまざまざと思い出すことができる。

春のすばらしい天気の中で、響子と見知らぬ青年は、教会の庭で子供たちと遊んでいた。芝生の中の若い新しいカップルを、礼拝堂の窓越しに眺め、私は彼女に声をかけず、黙って教会を去った。

これが響子を見た最後である。その日をもって、私は教会へ行くのを止めにした。

高校入学と同時につけはじめた日記は、この後、職場のことを数ページ書いて終わっている。

ということは、響子に関する資料は、これで総て終わりということになる。

自作をめぐって

「夏の名残りの薔薇」

――方法と批評と後日談――

土曜日は得意先が休みのところが多いので、会社へ出ても営業に行く先がなく、書類の整理とか交通費や雑費の請求とかの社内事務で時間を過ごすことが多い。三月の中旬の土曜日、私は朝から図書館に行くことにした。

雨がびしょびしょ降り、寒の戻りが来て、コートを着ていても足元から寒さがしのび上がってくる。あまり人通りのない御堂筋を、傘を差し背を丸めてぼそぼそ歩いていると、ひどく年を取った感じになる。時々行き過ぎる女の子は、冷たい雨の中で足を丸出しにしていて、見ているだけで肌が粟立ってくる。

淀屋橋を渡り中之島公園の街路樹の並んだみかげ石敷きの広い道を入ると、石の階段のついた黒ずんだ古い図書館が見えてくる。階段の脇の狭い入口を入り、傘をたたむ。ガラスドアーを押し開けても人の姿は見えず、今日は休みなのかなとふと思った。年取った女の人が受付にいて、ロッカーの鍵を渡してくれた。ロッカーにコートを入れ、バルコニー状になった円型の古びた階段を私は上がった。

二階の奥の部屋の小説の書棚を捜す。夕行の棚の初めの方に、高橋たか子の本と並んで、私の本があった。今年の初めに寄贈しておいたのだ。部屋にはまだ四、五人の人しかいなくて、私はその本を手に取るとテーブルに腰かけた。暖房があまりきいていない天井の高い部屋は、窓の外に雨に降られている公園の高い樹々を見せて、寒々としていた。

自分の作品を、こういう場所でこういう形で読むと、人の作品のような気がするのではないか、という思わくがあった。そういう舞台装置でもない限り、自分の作品を読み返しても、なかなか頭に入ってこない。これは効を奏したようだ。私は久しぶりに作品世界に没入することが出来た。

その頃、「アルカイド」の例会は、北にある岩村さんの喫茶店「華」で開かれることが多かった。合評会の後、阪急東通り商店街の「正宗屋」で飲んだり食べたり喋ったりし、まだ飲みたりない喋りたりない時は、スナック「啓」に流れた。

七年前、私が営業に替わった二年目の夏の終わり、スナックで敗戦後の話に熱が入り過ぎ、地下鉄最終に乗り遅れてタクシーで帰るところから、小説は始まっている。車は御堂筋から高島屋の前でカーブして、国道二六号線に入る。関西線のガードをくぐり、三十年前に通学していた仲間との思い出の残る高校の前を過ぎる。感慨にふけっていた私は、不意にあわてだす。当時洗礼を受け通っていた国道沿いのその先にある教会が、解体用工事シートにおおわれているのだ。

私は車を降り、高々と張られたシートの前に立った。私にはさまざまな思いが交錯した。この教会は特別な意味を持っている。ここには置き残してきた未解決の問題が残っていた。それを解き明かすことは不可能だけれども、こう簡単に教会がなくなっては困るのだ。

日記やノートやメモの、当時の資料をかかえたまま、私は以来三十年を過ごして来た。私の原点になったその時代を、いつか作品にしようと、かなりの量のその資料だけは処分せず、今も手元にある。

やがてシートの紐をほどき、解体中の教会の中へ足を踏み込んだ。牧師館で、廊下で礼拝堂で、バルコニーで十字架の塔の下の小部屋で、庭で納骨堂の前で、教会の玄関で、私は時間のシャワーを浴びた。初恋の相手の響子が、若牧師が、若牧師と結婚して間のない桜子さんが、老牧師が長老が、若者や老婆やさまざまな人々が、解体中の古い教会の、まだそこに居た。

……底冷えのする静かな古い図書館の机で、三十年前の世界が広がっていき、私は本を読むのに熱中していった。

私は今、自分が書いた本を通じて、過去と触れ合っている。このことを少し書いてみたいと思う。プルーストの『失われた時を求めて』に当時傾倒していた私は、その方法論のみが現実を再現しうると考えていた。

以下のカッコの中は、アルベレース『小説の変貌』（豊崎光一訳）紀伊國屋書店（一九六八）

からの引用である。二重カッコは『小説の変貌』に引用された『失われた時を求めて』からの二重引用である。

「眼のたしかでないひとりの老人、戦争のあと数年たって」「この人生を所有していないこの男は、そのとき自分の人生の出発点であるコンブレでの幼年期に立ち帰る。」『長いこと、私は晩早くから床についた。』「人生の最初の諸印象は、反芻され、くり返し生きられて、原初の霧のようなものを形成し、そこには除々に、影または薄暗がりの面や、黄昏の斜めにさす光線を浴びて輪郭が区別される連峰のようなものが、立体的に浮き出して見えるのだ――」『このように、長い間、夜中に目を覚ましてコンブレのことを思い起こしているとき、私の眼に浮かぶのは、定かならぬ暗闇のただ中にくっきりと浮き出す、あの光輝く平面のようなものだけだった……』

「プルースト的発想からするなら、《物を描写し、その輪郭線や表面の貧弱な要約を示すことをもって足れりとする文学はいかにリアリズムと称していようが現実から最も遠いものである。》この理論が弾劾しているのは、つまりは、それまでの小説、モーパッサンや、ゾラや、フローベルの小説にさえあるような、万人共通の客観的ヴィジョンなのである。『もし現実がそんなものなら、そういったいろんな物を写した映画のようなものがあれば足りるだろうし、それらの直接感覚に訴えるところから離れる《文体》とか《文学》とかは、作り物のオードヴルということになろう。』」

「時間の観念はそのため不可避的に変化をこうむる。カレンダーや時計の規定通りの時間、それはエンマ・ボヴァリーやナナの物語を規整していたものだが、純粋に外的な時間であり、万人に共通の基準ではあるが、特定の誰に対しても通用せず、《現実的》ではない。というのも《われわれのうちで起こること》は、そのような時間にしたがわないからだ。ひとは誰もカレンダーにのっとって生きていると認めることはできる。しかし芸術作品は生きることにあるのではなく、生き直すこと（または生き延びること）にあるのだ。そしていまだかって誰も、カレンダーの順序にしたがって自分の人生を生き直した者はいないのである。」

「マルセル・プルーストという。このひ弱な芸術家は、絵はがきに類し、《典型化》に属するこのような芸術を斥ける。」「《現実世界》というものは、われわれが上手な写真家となってそこから客観的、かつ有益な《原板》を引き出し得るような心理的、社会的、その他の意味でのものではなく、ただ、われわれ各自のうちにさまざまな心像が競い合うだけであり、われわれはそこから、個人的ないし集団的に、神話を、つまりは到達不可能な《現実》の絶えず移り変わる諸表象のうごめきを引き出すことによるのだ。」

引用が長くなったので、急いで結論に入りたいと思う。

「十九世紀の物語形式＝小説の人物たち、主人公たちが、それ自体としてどんなに興味をそそるものであったにせよ、彼らはみな決定されており、チェスの盤上に並べられていたのだ。彼らをとりまいている世界よりも、彼らの方がわれわれの興味を引くということだってあり得るが、彼らはこの世界なしには存在しないのである。

反対に、プルースト、ムジール、カフカ、また恐らくジョイスやヴァージニア・ウルフにおいて（さらにくだってミシェル・ビュトールやアラン・ロブ＝グルエにおいて）は、何もかもがさかさまになっているのだ。もはや主人公が、自分の生きている世界の中に位置づけられているのではない。《現実》世界のヴィジョンが、主人公と世界との間の諸関係に従属しているのだ。《絵の背景》はもはや《現実》ではなく、小説を支配するのは小説の主人公の意識であって、《現実世界》は、この意識に反映される度合いに応じてしか存在しないこととなろう。」

『夏の名残の薔薇』のあとがきで書いている、《私たちは、いかにすれば絵空事ではない小説を、つまり現実そのものに手が触れられるのか。これはその試みの一編のつもりである。》と書いている現実は、そういう構造の現実なのである。

本を出してたくさんの素晴らしい批評をいただいた。本来ならそれを元にして書き直すのだが、本になってしまった以上、たやすくは書き直しが出来ない。本にする枚数に制限があって、書き残したことが随分ある。資料そのものからいっても、多分半分ぐらいしか使っていないように思える。こういう心残りと、書いた後のふっきれない気持ちをこめて、いただいた批評のいくつかを書き留めておきたい。

当時の若牧師夫人、作中で「桜子さん」として登場する羽根田新子さんからいただいた手紙の一部をまず揚げる。

「時の流れがひととき逆流したような感じでございます。何年も何年もあたためてお書きになったご様子が拝察できました。鶴見橋教会の歴史の、そして歴史を担ってご召天遊ばした方々の鎮魂歌と存じます。お書きになっていらっしゃいますように、ひとりの方、ある特定の方を主題にしていらっしゃるようですが、やはりあの時、ひとつのことが人間としてのありのままの姿を表現していた、あの時がこころの原点となっていらっしゃる、あの時をいとおしくお書きになられたのでは、と存じます。そして歴史を共有したひとりひとりの大切なものだったと思いました。」

これも作中「島」という名で登場する高校時代の仲間、芝口達也君からの手紙の一部である。

「もう三十年近くお会いしていない。」「『響子』のことは、ブラウスの袖口から腋の毛が黒々として見え、彼女が髪に手を持っていくたびに、興奮した、といったことを、君がエロチックに話していたその人であることを、今、まざまざと思い出します。君が話す『響子』に当時の私もこっそり興奮したことを、告白します。」「『響子』との出合いと別れまで、その間に凝縮されている君の青春のひとつひとつが事実としての重さと輝きを放っています。」「私は、今までこのような誠意に充ちた作品と出合ったことがない。」

次は関西文学編集同人の田辺明雄氏からのものである。

「響子という女性は、男子の眼と心に映じたある意味の永遠の女性としての、普遍性と生々しさをもって迫ってきます。恋はまさしくかくの如くはじまり、かく高まり、かく人の心をくい荒らし、しかもかくすぎ行くものなのですね。あとがきに、「いかにすれば絵空事ではない小説を、つまり現実そのものに手が触れられるのか。これはその試みの一編のつもりである。」とあるのを読んで、作者の意図が十分実現されているのに羨望しました。」

同じ大阪文学学校の講師仲間の日野範之氏からは次のような便りをいただいた。

「〈教会〉の場が、ひとつの集い、ひとつの恋愛、ひとつの精神の成長、ひとつの時代……と、集約的、象徴的で、その解体もまた。響子の永遠を、とどうじに、エロティズム、やぼったさもふくまり。が、その肉体は、なかなかに近づいてくれず、ストイックな描き方は、ジッドの感銘に近い、香気です。そのたんねんさへ、ジェラシーを感じつつ。」

昔の同人仲間で、現役で活躍している福本武久氏の手紙の一部は左のようなものだ。

「自分を語ることはむずかしい。けれども作者は、自分の奥深くに踏みこみ、自分を形造っている構造をしかとみすえ、いかにも建築技術者らしい冷徹な手際で、一つ一つを腑分けしてしまった。それが、この作品を清々しいものにしているように思われます。自分に阿ることもなく、感傷にもひたることがない……。こういう作品の成立ちは、小説書きとしての手腕によるものでしょう。」

「解体された教会は、作中の〈私〉そのものであり、作者自身でもある。そして作者は小説を書くことで、自分をも完全に解体してしまったと観るのですが、いかがなものでしょう。」「その跡地に、どんなものを建てようとするのか？　小説書きの一人として非常に興味があります。ともかく、こんなみずみずしい小説が書ける高畠さんがうらやましい……というのが、いつわらざるところです。」

文学学校の私のクラスの多菊志津子さんからは詩のような感想をいただいた。

「なだらかに歳月が流れて行きます。ひとつひとつの出来ごとが、克明に、でもやさしく、いきいきと描かれています。若い日を取り戻すことは出来ませんが、ずっと心のなかで温めていることも、育てることも可能でしょう。諦めることのつらさも、愛を得ることの喜びも、愛のこわれる苦しみも、みんな一つになって流れて行くようです。」「暮れの慌しさのなかで、日だまりのおだやかなぬくもりのような読後感をかみしめております。」

批評、感想、お祝いのお便りは三十通ほどいただいた。筆不精のはずの私は、いそいそと返事を書いたものである。

「アルカイド」と「せる」で合評会をしていただいた。文学学校関係は四月六日の予定だから、それは書けないが、二つの合評会から、いくつかの批評を、作者の検討を加えて、重複しないように書いて置きたい。「アルカイド」の方は紙上参加を含めて十人、岡原邸で行われた。まず紙上参加の岡村むめさんの手紙の一部。(便せん六枚に細い字でめんめんと書いて下さった。)

「この作品は単なる初恋物語ではない。時間を重層的に過去と現在、いや過去の中の現在とを入れ交えながら進んでいくことと、作中の私が、この進展を実在の小説を書くことに究極の生命を与えたいと願っている青年の物語として、あくまでもメモや日記が実在のものであると標榜して、それを解析、分解、構築していくという新しい形式を用いている。」

「この作品の主人公の生き方、幼いとさえ思えるかも知れないが、精神的に深く高く生きようとする青年の心が、二十年後、三十年後にその人の心の中に脈々と息づいている證を実感させる点において、それが架空の人でなく、自分に近く生きている人の話であると思わせる手法に於いて、この作品の意義は高いと私は思います。」

時間の問題を含めて、小説の構造については「せる」の合評のところで検討を加えたい。

「自分に近く生きている人の話であると思わせる手法」「現実的な体験だと思った」(池氏)「響子の気持ちを知りたい」「相手の気持ちを知りえない主人公のからまわり」「主人公がわかる言葉で相手の気持ちが知りたい、というのがわかった。」(荻野氏) こういう批評は有難かった。

次に岡村さんの手紙にもあったのだが、飯塚氏も、印象的な場面が多く心に残ったとして、それを指摘して下さった。人物が動き出す――南紀の海岸の高校生たちの合宿。中村との出会いの場面、ピクニックでの恋の晩鐘、それに続く失恋の日々、沼津に向かう船の上での孤独感。胸がしめっつけられる――響子の部屋の燈りを見上げるシーン。この作品に強みがあるとすれば、多分このことだろうと思う。無数の場面によってこの作品はささえられている。

「アルカイド」で一番若い村井さんの感想は少し角度が違っていて面白かった。「高校生で男の子はこんなことを考えていたのかと思うと、私はどうしていいかわからない。自分に照し合わせて、とりかえしのつかない感じ、男の子はまじめだと思った。響子が待ち合わせをして行かなかった理由はいっぱいあったと思うが、男にとってずっと傷を残すということ、そういう違いを感じた。作品に書かれている手紙、そんなのをもらったらどうしようかと思う。」荻野氏の「相手の気持ちが知りたい」という感想と共に、大変実感的であった。

渡辺さんの批判からいくつか拾ってみたい。偽善者の意識に苦しめられ、南紀の合宿へ行く前の日々、「私は知らずに神に近づいていたらしい。」「——この部分があって全体が肯定できる」というのは私にとっては重要な示唆であった。「甲田響子は生涯ひきずっていく十字架」は「主人公は別の響子をつくっていたところは共感する。その響子に恋をしつづけている。三十年間も……」という意味で、私には切ない指摘であった。

「日記とかメモが重要、高校生の時の小説を書くという決心、これがなければ生まれてこない作品」はまさにその通りで、今それをようやく果たしたわけだが、それが今もって果たしたという気がしないのだ。この《ヴィジョン》(幻影)は、やはり一生ひきずって行く十字架なのかもしれないと、心底うんざりするのである。しかし「もてはやされる作品ではないが、これがもし残れば、命を持ち続ける本になるのではないか」という極上の言葉で力づけられた。

次は奥野忠昭氏のはからいで、十人ほどの人に批判をいただいた労働会館の「せる」の合評会からのものである。

まず実感的な奥野氏の意見から。「工業高校ということが、最初から出てこなかった。普通高校のつもりで読んだ。自分も工業高校の出身だが、工業高校の男子は、もっと女の子にうえている。」この彼の気持ちは分かる気がする。多分これなどは、再現できなかった過去の現実の一部だろう。

木辺さんから適切な批評をいただいた。「作品について良いとか悪いとかは議論にならないと思った。作品として、あるものを否定して書いている。作者の覚悟がつたわってくる。」「生きることに真剣」「小説を書く時の楽屋裏――開き直って書かんといかんなと思った。」「青春というものは、誰が書いてもこっけいで、しかし切実で、苦い思い。清算の時期であり、鳥瞰的見方をする五十代の作者が、目をそむけたくなる世代を書いた。」「青春のさまざまなものにつき合いが良すぎ突出するものがない。」「神、教会、信仰－過去で終わってしまったら困る。現在につながっていないと安易。神を否定する態度が神とつながると思う。突っ込みが弱い。」

「響子を通じての青春、就職して離れる。それ以降も書いているのだから、続いているはず。」作中にあるケエルケゴールの弁証法は生きていて、今も私は絶望しているのである。そこには文学や恋愛も組み込まれていて、未解決のままだ。

内田さんの批評もうれしかった。「場所によって記憶が甦る。第一部で独立している。懐かしいスタイル、色合いであり、好感を持った。それで終わらせないのが第二部、この作品のポイント。いわゆる青春ものでないものにしている。」「響子とのことを考えて書いているのが――現在。書かれたもの。そして書かれる内容になったもの。したがってこの作品は三層になっている。作り方が効果的である。主人公の体験のノートは創作であった方が面白い。」「デートをことわられる――大きなきっかけになっているが、分析に終わっている。女の人の悪意にまで突っ込んで欲しかった。」

小説の構造については尼子氏によって見事に分解されることになった。「第一部＝記憶のレベル、主人公の思い。第二部＝日記、ノート、もう一つの小説。第一部第二部を通じて＝現在の作者。つまり三つの構造がある。第一部は「思い」の構造であり、小説として完成。第二部はそれを否定する形で出てくる。つまり時間で変質された部分をこわしていく。それを更に現在の作者が書いている、という全体の構造があり、面白かった。」

「小説としてはフィクションである、と聞き直るべきだ。こういう構造を書くとすれば、初恋というテーマは失敗ではないか。」「第一部第二部とも復活祭で終わっているのは、意図を感じてよかった。」

最初書く時、つまり大学時代の創作ノートを読むと、総てフィクションで、見せかけの現実を書くつもりであったらしく、そういう記載がある。しかし現在は尼子氏のいう意味と若干違うが、これを幻影、つまり《ヴィジョン》だと割り切っている。そこには共通の尺度としての時間も空間も存在しない。変形され、修正され、今であり、あの時である時間が、並行して存在する、そういう作品世界にしたかった。ただこの点についても、小説の方法より……初恋や青春の日々をいかに再現するか、もしくはいかに現在の私があの時代に飛翔できるか……やっぱり私の関心はその方にあった。

この他ずいぶん多くの人たちから、感想や寸評やお祝いの言葉をいただいた。

去年の十月末に本を出して、十一月の中旬、毛筆巻紙に書かれた美しい文字の手紙を受け取った。私はこの時も少しあわてた。

この手紙が先に挙げた、かつての若牧師夫人の桜子さんからのものである。教会は解体され、てっきり無くなったものだと私は思っていた。だから安心して書けたのだ。ところが、教会は別の所に再建されていたのである。作中にもあるように、本好きである桜子さんは、紀伊國屋の新刊の書棚で私の本を見つけ、彼女の方も驚いたらしかった。

手紙が届いた同じ日、クリスチャンの若い女の子が、教会の六十周年の記念アルバムを届けてくれた。明るく感じのよい子で、私が教会に通っていた頃には、当然まだ生まれていなかったと思うが、彼女が桜子さんの近況を知らせてくれ、私はさっそく返事を書いた。次の日曜日には参上するということを……三十年ぶりに。

手紙を書いてから、夜遅くまで私はアルバムを繰った。

自立への戦い——一九五五年のページに、響子や当時のKKS（高校生会）の仲間と共に、私も写っている白黒の写真が掲載されていた。桜子さんの手紙にあったように、私の中でも「時の流れがひととき逆流した。」納骨堂を背景にした私たちは、高校生の制服を着ている。写真はヴィジョン＝幻影ではない。それはあまりに明晰過ぎる。高校三年になって髪の毛を伸ばした私。まだ丸坊主で制帽をかぶっている野々宮君。白い襟のセーラー服を着た高木さん。そして響子……私の中にあるのはやはりこの響子ではない。私にはイメージが少しも広がらなかった。

第二部の、再度教会を訪れた大学三年の私は、響子と再会して、その時の気持を「初恋の原因になった人がそこにいたけれども」と書いているが、アルバムを見て私は同じ思いにとらわれた。この作品を書かせた動機になった人、というよりは、その原因になった人という気持ちで眺めた。

花園教会は七年前に新築されていて、礼拝堂は三階にあり、少し規模は小さくなっていたが、美しい近代的な建築であった。アルバムで拝見した通り、牧師は髭を伸ばし、桜子さんはきれいな白髪になっていた。再会の後日談は長くなるので、又別の機会に書きたいと思うが、三十年の歳月を感じさせず、私はあたたかく迎え入れられた。

ただ響子の消息については、私の方でもなんとなく聞きそびれ、牧師や桜子さんの方でもいいそびれている感じで、今のところ分からないままである。アルバムで見る感じでも、彼女は一九六〇年頃（響子が結婚し、私が教会を去った年）の婦人会の写真にある限りで、それ以降の部分に彼女の写ったものはない。あるのかもしれないが大勢で写ったものは人物が小さくて分からない。記念誌の最後の方のページに教会員の名簿があり、彼女の結婚した姓が夕行であったせいで、彼女の名前と私の名前が並んでいて、その偶然が響子と私のつながりを暗示しているばかりである。

三十年も経って再び教会へ行きはじめた私は、今のところ、まだかっての日々に対するノスタルジアの要素が大きいが、自分の気持ちをみつめるとそればかりではないのを感じる。かっての日々のように、神があるのかないのか、というつきつめた気持ちにはなれない。むしろかってはなかった、キリストに対する親しみ懐しみが、時々泉のように湧いてくるのである。

私が年を取った、というばかりではない。神の存在を、実体として認識することの無意味さみたいなものが、今の私には漠然とある。つまりこのことを再度ゆっくりと確かめたい……そういう意味で、かってとは違うが、私の精神はまだまだ若いのだという、それは確認みたいなものであるらしい。

「人間が死を恐れるのは、生物学的な意味での生命から多かれ少なかれ遊離したところに自己の存在を築いているからであると思う。われわれが恐れているのは自己の終焉である。もちろん、生物学的な意味での死を恐れていることは確かであるが、それは、生命が自己の存在の基盤であるかぎりにおいてであって、それ以上のものではない。たとえば、ある時点で植物人間になり、それから数年後に死ぬとした場合、われわれが恐れるのは、明らかに植物人間になる時点であろう。」

「自己の崩壊がどのような結果をもたらすかは、精神病が如実に示す通りである。人間は、いかなる感覚、感情、欲望も、いかなる義務、責任も、それを自己のものと感じ、認めるかぎりにおいてしか表現できないし、行動化できない。人間にとって、自己とは世界の中心であり、要である。自己が崩壊すれば、世界も崩壊する」（岸田秀『ものぐさ精神分析』）

この自己というものは、他の生きものにはなく、人間だけにあるものである。この自己を拡張して、人間社会を作り上げてきた。科学を発達させ、高度文明社会を礎き上げてきた。しかしその基本になる、自己というものは、実は実体のないものなのである。

人間にとって死が恐ろしいのは、決して生きものとしての生命がなくなるからではない。それは自己がなくなるからだ。自己の消滅はすなわち世界の消滅である。その自己は、物理的に説明できないし、見ることもできない。形がないから、これだといって取り出せないが、しかしそれは間違いなく、ある。私はこの作品をヴィジョン（第一部は建物から浮かび上がる幻影、第二部は古い資料を手がかりとした幻影）と位置づけたが、このことと岸田秀の唯幻論との関係を、そして神の問題とに、時間をかけて取り組んでみたいと今思っている。

この本の第一部も第二部も復活祭で終わっている。アルカイドの作品の。〆切が三月三十一日だ。したがってこのエッセーも偶然、三十一日の日曜日の復活祭で終わることになってしまった。薔薇は咲いていないが、もちろん復活祭は、私は花園教会へ行くつもりである。

（「夏の名残りの薔薇」一九九〇年一〇月二七日関西書院刊）

丹念な時間の構築

田辺明雄

尋常な人生がそのままに、作者の眼と腕によって見事な文学となり、芸術となるというのは、その事自体尋常な事実でありつつ、同時に日頃からの私の強烈な信念ともなっている。特殊なもの、奇抜なものを求める心を、私は一概に否定しないが、それ以上に、尋常なものの、深く、こまやかな味わいこそが文学を豊かにする最大のものだと、いつもそう思っている。

高畠寛氏の「夏の名残りの薔薇」を一読して、私はまさしく一個の青春が、〝現実〟という言葉の持つ最良の感触と共に、厳然として迫ってくるのを感じた。これはつづめて言えば長い時間の中での一人の男と女の物語だが、およそ男子の眼と心に映じた女性の姿として、これほど普遍性と生々しさをたっぷり見えたものを私は他に知らない。この女主人公の響子は、男子にとってある意味での〝永遠の女性〟である。憧憬と救済の対象という意味ではなく、変ることなき惑乱と苦悩の根源としての〝永遠の女性〟である。豊かな肉体が若い男を息苦しく圧し、とらえ難い心が純な魂を引きずって止まない。ああ、恋はまさしくかくの如くにはじまり、かく高まり、かく人の心を喰い荒らしつつ、しかもやがてかく過ぎ行くのだ。

一篇のうち殊に圧巻とすべきは恋の退潮の描写であろう。これはプルーストの「失われた時を求めて」にも一流の執拗な叙述があるが、高畠氏はあくまで自分の体験に即して、的確に、簡素に、恋が、また女が自分にとって何ものでもなくなる過程をきざんで行く。最後に到って主人公は、わが恋が必ずしも片恋ではなく、女の中にも自分の思いと対応するものがしかとあったことを確認するに到るのだが、その時はもはや恋は過去のものとなってしまっていたのであった。主人公をほっとさせ、同時に読者をほっとさせるこの結末は、いかにも悠々たる人生を思わせ、読者は作者の心をこめた長い時間の構築に感嘆するのである。

（関西文学7月号）

翳りは消えない

須海尋子

今若返らせてやろうと言われても、考えてしまいます。青春のしんどさは、繰り返したくない。せめて三十歳以上ならなどと、注文をつけたくなる。自らの破壊的なエネルギーに翻弄され、傷つき、血みどろになった自分の醜さを許せなかった。辛い季節でもある。

その季節を、誠実に生きた若者たちがいた。二人は、焼け跡のひろがる大阪の町で出合い、ためらいつつも全人格をぶつけあった。彼らの青春をはぐくんだ花園が、教会である。

地下鉄の最終電車に乗りおくれ、中年の建築会社員がタクシーで自宅へ向う。母校の高校を過ぎ、工事用のシートに覆われた教会を見つけ、タクシーを降りる。シートの中で、教会は解体されはじめていた。再建の掲示はどこにもない。深夜外灯の明りをたよりにまだ形骸を残している懐しい牧師館や礼拝堂の廊下をうろつく。

ビルに囲まれた教会の廃墟から、三十年昔の珠玉の日々がよみがえる。見事な物語のはじまりである。　文学修業のため教会へ出かけた生意気な高校生が、オルガンをひいている勝気な女子高生響子に会う。高慢で軽薄なところのある響子に、高校で文学部を再興して、意気がっている若者は、自分の嫌悪感をぶつけて相手を攻撃する。それが恋なのかわからないまま、若い二人は時間を忘れて議論する。それでもあきたらず、強引な手紙を書き返答をせまる。未熟な恋が破れたあとまでも、彼女の気持ちや行為の釈明を求めて手紙を書く。自意鐵が強く屈折している若者の、内にかかえているカオスに踏みこみながらも、作者の筆は抑制がきいていてやわらかい。

戦後の新しい時代に花開いた、個性豊かな若者たちは健康で、青春を謳歌しつつも傷つき自己否定に駆られる。まだ幼いが、自立している二人の若者を、響子の家族である牧師の一家は暖く見守っていた。夏の薔薇は、戦後の大阪の、都会的で知的で自由な花園ではぐくまれ、素晴しい花をつけた。それにも拘らず三十年たった今も心に影を残している。教会での日々は何だったのか。全てが自分だけの思いこみではなかったのかと。　青春の確かな手ごたえを証明するためだろう。当時の日記や手紙の下書きや作品化するため作った創作ノートなどの資料を提示し、読む者に同意を求める。青春の闇の深さと、三十年前の日々への愛惜の念からだろう。

「君、今何してんの……」

「ほっときいなあ！　あんた、いつでもそんなこと聞くなあ」そんなメモが残っている限り、翳りは消えないはずだ。しかし「夏の名残りの薔薇」が、美しい青春物語であることに変りはない。解放された時代に結実した、今も水みずしい果実である。


（樹林五月号）

あとがき

かつてその教会は、交通量の激しい国道に面して建っていた。

右へ行けば、私たちの通っていた高校があり、左へ行けば、響子たちと出かけた商店街のアーケードの入口があって、そこを過ぎると銀行が何軒かあり、地下鉄の花園町へ降りる階段があった。

私は今日、そこへ行って来た。地下鉄の階段を上ると、自転車の洪水で、やっと人が通れる隙間しか空いていない。上った所には大きなパチンコ屋があって、騒音がわっと押し寄せてくる。

西成のそのあたりは、人口密度が高く、あまりに下町でありすぎて、長く開発からとり残されていた。しかし今見る街並は、両側にビルが建ち並び、排気ガスを撒き散らした車がじゅずつなぎで、国道はまるで川のようだ。

教会の有った場所には、十三階建てのマンションが建っている。それは白い夏の雲を浮かべた空に、ひときわ高く、まさに峨々としてそびえ立っていた。

これを書き上げるのに、教会の解体の日から五年を要している。更に推敲に一年、本になるのに一年、この作品に対するこだわりが時間を忘れさせた。

私たちは、いかにすれば絵空事ではない小説を、つまり現実そのものに手が触れられるのか、これはその試みの一編のつもりである。……とにかく私は、時間を止めたいと思った。私の中でその教会は、今も下町の国道に面して建っているのである。

どういうわけか今、ドルドラの「思い出」の曲が聞こえる。

二〇一九年　復刊

高畠　寛

〈著者紹介〉

高畠　寛（たかばたけ　ひろし）

1937年大阪生れ。國学院大学日本文学部卒。

著書：長編『夏の名残りの薔薇』(関西書院刊)

　　：評論『いま文学の森へ』(大阪文学学校・葦書房刊)

　　：小説集『しなやかな闇』(同上)

　　：小説集『コンドルは飛んで行く』（大阪文学学校・葦書房）

　　：小説集『神神の黄昏』（鳥影社）

　　：評論・小説集『漱石「満韓ところどころ」を読む』（同上）

　　：小説・評論集『渓流のヴィーナス』（同上）

　　：小説集『山崎の鬼』（同上）

　　：小説集『焼け跡の青空』（同上）

現在、大阪文学学校講師、社団法人大阪文学協会理事。

夏の名残りの薔薇

季刊文科コレクション

定価（本体1500円+税）

乱丁・落丁はお取り替えします。

2019年11月10日初版第1刷印刷
2019年11月16日初版第1刷発行
著　者　高畠　寛
発行者　百瀬精一
発行所　鳥影社 (www.choeisha.com)
〒160-0023 東京都新宿区西新宿3-5-12トーカン新宿7F
電話 03-5948-6470, FAX 03-5948-6471
〒392-0012 長野県諏訪市四賀229-1(本社・編集室)
電話 0266-53-2903, FAX 0266-58-6771
印刷・製本　モリモト印刷

ISBN978-4-86265-778-7 C0093